Kerberos
켈베로스

1판 1쇄 찍음 2014년 9월 2일
1판 1쇄 펴냄 2014년 9월 5일

지은이 | 임준후
펴낸이 | 정 필
펴낸곳 | 도서출판 **뿔미디어**

편집장 | 이재권
기획 · 편집 | 윤영상

출판등록 | 2002년 9월 11일 (제1081-1-132호)
주소 | 경기도 부천시 원미구 상동로 117번길 49(상동) 503호 (우)420-861
전화 | (032)651-6513 / 팩스 (032)651-6094
E-mail | bbulmedia@hanmail.net
홈페이지 | http://bbulmedia.com

값 8,000원

ISBN 979-11-315-3623-0 04810
ISBN 979-11-315-1140-4 04810 (세트)

Kerberos

6 켈베로스

BBULMEDIA FANTASY STORY

임준후 현대 판타지 장편 소설

목차

제1장

대문 앞에서 이와타 히로시는 침을 삼키며 양복의 깃을 만졌다. 빳빳하게 날이 선 양복과 먼지 한 톨 보이지 않는 검은 구두는 흠잡을 곳이 보이지 않았다. 하지만 이 고택의 안에 있는 자를 만날 생각을 하니 절로 긴장이 되는 걸 어쩔 수 없었다.

　그가 걸음을 멈춘 직후 기다렸다는 듯이 대문이 열렸다.

　열린 대문의 안쪽에서 단출한 유카타를 입은 여인이 그를 향해 고개를 숙였다. 삼십대 중반쯤 되어 보이는 여인은 인형처럼 아름다웠다.

　이와타는 유카타를 입고 있는 여인의 신분이 단순한 하녀가 아니라는 걸 직감했다. 옷차림은 수수했지만, 그녀의 전신에 흐르는 기품은 보기 드문 것이었기 때문이다.

여인이 말했다.

"어서 오세요."

이와타도 고개를 숙였다.

"이와타 히로시입니다."

"기다리고 계십니다."

여인의 뒤를 따라 안으로 들어선 이와타는 숨을 죽였다.

광대한 정원이 그의 앞에 펼쳐졌다. 높은 담장과 담을 따라 심어진 나무들로 인해 내부가 보이지 않기 때문에 밖에서는 안에 이처럼 넓고 잘 가꾸어진 정원이 있다는 걸 알 수 없었다.

'사진으로 보던 것보다 더 대단하군.'

그는 진심으로 감탄했다.

정원을 처음 본 건 아니었다. 위성이 찍은 여러 장의 사진을 본 덕분에 고택의 내외부는 그에게 익숙했다.

그는 일본의 3대정원이라 불리는 켄로쿠엔, 코라쿠엔, 카이라쿠엔 정원에 여러 번 가보았던 사람이었다. 그런 그도 이 고택의 정원이 그 세 개의 정원에 비해 못하지 않음을 인정했다.

정원을 둘러보던 그의 시선이 여인의 어깨너머로 보이는 저택을 향했다. 어림짐작이지만 저택까지의 거리는 사오백 미터가 넘을 듯했다.

멀리서는 작아 보였던 저택이 코앞으로 다가오자 이와타는 터지려는 탄성을 억지로 눌러 참아야 했다.

기와를 얹고 나무를 주재료로 하는 전통방식으로 지어진 저택은 좌우가 한눈에 들어오지 않을 정도로 컸다.

곳곳에 스며 있는 세월의 흔적들이 저택에 고풍스러움을 더하는 것을 느끼며 이와타는 자세를 바로 했다.

여인은 그를 건물 깊숙한 곳으로 안내했다.

복도는 길었다.

사뿐사뿐 걷는 여인의 뒤를 따르며 이와타는 등줄기에 땀이 맺히는 것을 느꼈다.

곧 일본군부에 전설처럼 전해지는 일족의 주인을 직접 만난다는 생각이 그의 몸을 뜨겁게 만들었다.

이리저리 휘어지는 복도가 끝난 곳에 문이 있었다.

여인이 멈추자 문이 열렸다.

눈에 보이는 감시 장치는 없었다. 하지만 누군가 지켜보고 있는 듯했다.

문은 끝이 아니었다.

문 너머는 빈방이었고, 맞은편에 또 다른 문이 있었다.

여인과 이와타는 아홉 개의 빈방을 지났다.

열 번째의 문은 앞의 것들과 달랐다.

문의 양옆에 두 명의 기모노를 입은 여인이 무릎을 꿇고 있었다.

그 앞에 섰을 때 비로소 여인이 입을 열었다.

"가주님, 이와타님을 모셔왔습니다."

"들여라."

절로 가슴을 여미게 만드는 힘이 실린 사내의 굵은 음성이 들려왔다.

무릎을 꿇고 있던 여인들이 두 손으로 문을 열었다.

열린 문 안으로 넓은 다다미방이 보였다. 그 끝에 하카마를 입은 청년이 가부좌를 틀고 앉아 있었다.

앉아 있음에도 훤칠하다는 느낌을 주는 장신과 우윳빛의 피부, 그리고 붓으로 그은 듯 검은 눈썹, 흑백이 뚜렷한 눈동자의 청년은 단점을 찾기 힘들 만큼 보기 드문 미남이었다. 억지로 단점을 찾아낸다면 선홍빛을 띤 입술의 선이 얇아서 전체적인 인상이 차갑게 느껴진다는 것 정도였다.

청년의 전체적인 분위기는 마치 중세 전국시대를 배경으로 한 영화 속에서 튀어나온 듯 신비로웠다.

청년과 눈이 마주친 이와타는 숨을 삼키며 눈길을 피했다. 단 한 번의 눈 마주침이었을 뿐인데 전신에 소름이 돋았다. 칼로 폐부를 도려내는 듯한 눈길이었다.

안으로 들어선 이와타는 청년에게 반절을 한 후 마련된 방석 위에 앉았다.

"자네가 정보본부의 이와타 히로시 삼등육좌(소령)인가?"

"그렇습니다, 가주님."

이와타는 청년의 콧등을 보며 대답했다.

정 보 본 부(情 報 本 部 :Defense Intelligence Headquarters, DIH)는 일본 방위성 산하의 정보기관 이다.

같은 정보기관이지만 정보본부는 잘 알려진 일본 내 최고의 정보기관이라는 내각정보조사실과는 성격이 많이 다르다.

내각정보조사실은 파견된 경찰 중심으로 각 성청의 정보를 수집, 분석, 지시하는 컨트롤 타워 역할을 한다. 민간인 중심인 것이다. 하지만 정보본부는 육해공 자위대로 흩어져 있던 각 정보기관들을 통합한 군정보기관이다. 그리고 일본 내에서 최대의 인력을 운용하고 있다고 알려진 막강한 기관이기도 했다.

그곳의 삼등육좌라면 결코 낮은 신분이 아님에도 이와타는 청년의 눈도 똑바로 마주 보지 못했다.

그가 조심스럽게 물었다.

"동영상을 보내 드렸었는데 보셨습니까?"

청년이 고개를 보일 듯 말 듯 끄덕이며 대답했다.

"보았다. 아주 흥미롭더군."

말을 하는 그의 눈빛은 속을 알 수 없을 만큼 깊었다.

그가 말을 이었다.

"떠드는 목소리가 한국말이던데, 어딘가?"

"남한의 대전이라는 지방도시입니다."

이와타의 얼굴에 긴장의 기색이 떠올랐다. 이곳에 온 목적을 자연스럽게 입에 올릴 수 있는 적절한 타이밍이 온 것이다.

그가 입을 열었다.

"동영상에 나오는 자들에 대해 아시는 것이 있으신지 여쭈어도 되겠습니까?"

청년은 느릿하게 팔짱을 끼며 말을 받았다.

"자들이 아니다."

"예? 그게 무슨 말씀이십니까?"

무슨 말인지 이해하지 못한 이와타가 자신도 모르게 반문을 했다.

고저가 없는 청년의 굵은 음성이 방 안을 울렸다.

"셋 중 둘은 살아 있는 자가 아니다. 정확하게 말하면 이미 흙으로 돌아갔어야 할 망자(亡者) 둘과 산 사람 한 명이 싸우는 장면이 녹화된 것이다."

꿀꺽.

이와타의 목에서 침 넘어가는 소리가 났다.

정보본부에서도 추정만 했을 뿐 확신하지 못했던 부분에 대해 청년은 무언가 아는 것이 있음이 틀림없었다.

그의 정신이 칼날 위에 선 것처럼 곤두섰다. 청년이 하는 말이라면 단순한 기침 소리라도 놓쳐서는 안 되었다.

청년이 말을 이었다.

"죽은 자들을… 은밀히 그런 존재로 만들려고 시도했던 자가 있었다고 들은 적이 있다. 실패로 끝났다고 했었지. 하지만 그 동영상을 보니 아주 실패는 아니었던 듯하다. 불완전하나마 죽은 자에게 그런 힘을 발휘할 수 있도록 했으니 말이다."

청년은 입을 닫았다.

눈도 감았다.

무언가를 생각하는 듯했다.

이와타는 묵묵히 기다렸다.

금방 숨이 넘어가지 않을까 싶을 정도로 청년의 다음 말이 궁금했지만, 지금은 참아야 할 때였다.

청년이 눈을 뜨며 말했다.

"너에겐 실망스러운 일이 될 수도 있겠지만 그 동영상에 나오는 자들 중 내 관심을 끈 건 살아 있는 자뿐이다."

"이유를 알고 싶습니다."

청년의 얇은 입술에 희미한 미소가 걸렸다.

"자네는 우리 가문이 제국시절에 군부와 어떤 일을 함께 했는지 아는가?"

"육군성 참모본부 산하 관동국 선배들과 고쿠류카이(黑龍會:흑룡회)의 인사들을 도와 조선과 만주에서 일을 하셨다고 들었습니다만, 상세한 사정은 알지 못합니다. 당시 선배들은 자료를 남기지 않으셨습니다. 가주님의 가문과 힘을 합쳐 일한 것이 있다는 정도만이 남아 있을 뿐입니다."

일본 군국주의 시절 육군성 참모본부 관동국은 사할린, 한반도, 캄차카반도, 시베리아의 첩보활동을 관할하는 부서였다. 그리고 흑룡회는 1901년 우치다 료헤이를 비롯한 일본우익국수주의자들에 설립된 조직으로 정부의 첩보활동을 민간에서 측면 지원을 했던 조직이었다.

청년은 고개를 끄덕였다.

"침묵은 우리 가문에서 요구한 것이었다. 우리는 세상에 드러나서는 안 되는 가문이니까."

그가 말을 이었다.

"1900년 경, 참모본부의 관동국에서 일하던 우리 가문 사람에게서 연락이 왔다."

이와타는 숨을 죽이며 귀를 기울였다.

"천황의 측근 인사가 당시의 가주님을 뵙고 싶어 한다는 전갈이었다. 굳이 거절할 이유가 없었기에 가주님은 그 만남을 허락하셨지. 가주님을 만난 그 인사는 본가에 도움을 청했다. 본국이 반도로 진출할 때 걸림돌이 될 수 있는 반도의 힘을 제거해 달라는 요청이었지."

청년은 자신의 콧대에 시선을 맞추고 있는 이와타의 이

마에 눈길을 주며 담담한어조로 말을 이었다.

"자네도 알고 있는 것처럼 본국이 당시 조선의 드러난 힘을 상대하는 건 어렵지 않은 일이었다. 망국의 길로 접어든 조선의 군사력은 형편없었으니까. 그 인사가 우려했던 것은 '분로쿠게이초의 역[慶長の役:임진왜란]' 당시 조선의 민초들이 펼쳤던 게릴라전으로 히데요시의 군사들이 고생했던 것과 같은 상황이 벌어지는 것이었다. 그 인사는 게릴라전을 수행할 수 있는 조선 민간의 잠재된 힘을 사전에 제거할 필요가 있음을 강력하게 주장하셨고, 가주님은 그 인사의 요청이 타당하다고 판단하시고 수락하셨다."

청년의 눈에 서늘한 미소가 떠올랐다.

"본가가 뛰어들었을 때 조선 민간의 잠재력에 대한 정보 수집은 이미 상당한 정도까지 진척되어 있었지. 본가는 관동국과 흑룡회의 요원들을 이끌고 대상이 된 조선의 일곱 무맥을 추적, 제거했다. 그 일은 제안을 받고 마무리를 지을 때까지 30년이 넘는 세월이 걸린, 장대한 사업이었어."

이와타의 입은 어느새 쩍 벌어져 있었다.

청년의 가문이 제국시절 군과 합동해서 무언가를 했다는 걸 알고는 있었지만 설마 그런 비사(秘事)가 있었을 줄은 짐작조차 못했던 것이다.

"놀란 모양이로군."

"솔직히 그렇습니다, 가주님."

이와타는 진심에서 우러나오는 공경을 담아 고개를 숙였다.

"그 대사업은 성공적으로 마무리되었지만 돌이켜 보면 완벽하게 마무리되었다고 할 수는 없다."

"어째서 그렇게 말씀하십니까?"

"마지막까지 일곱 무맥 중 하나를 찾아내지 못했기 때문이다."

"아!"

이와타는 아쉬운 탄성을 토했다.

가늘게 뜬 청년의 눈에서 차가운 섬광이 이글거렸다.

"하지만 그대들 덕분에 선조들이 찾지 못했던 조선의 마지막 무맥을 찾은 듯하다."

이와타는 정신이 번쩍 난 얼굴이 되었다.

청년의 이야기에 지나치게 몰입해 있던 터라 그 이야기가 시작된 이유를 잊고 있다는 것을 깨달은 것이다.

그가 흥분을 감추지 못하는 얼굴로 물었다.

"그렇다면 저 동영상 속의 인물들 중에 그 마지막 무맥의 무예를 사용하는 자가 있다는 말씀이십니까?"

청년은 고개를 끄덕였다.

"보는 것만으로는 백퍼센트 장담하기 어렵지만 그렇게 보인다."

"그게 누군지요?"

"복면을 쓰고 있는 자다. 그자가 쓰는 무예는… 내 생각이 맞는다면 그건 야차회륜박 이라는 박투무예다."

"아!"

이와타는 청년이 야차회륜박이라는 무예를 사용하는 자에게 강한 호기심을 느끼고 있다는 것을 깨달았다.

뜻밖의 소득이었다.

청년이 복면인에게 저렇게 호기심을 보인다면 그가 원하는 것을 얘기하기가 한결 수월해질 터였다.

그가 입을 열었다.

"윗분께서 가주님의 도움을 바라고 계십니다. 동영상을 보셔서 아시겠지만 엘리트 요원 교육을 받은 사람들에게도 저런 능력을 갖고 있는 자들을 조사하는 건 쉽지 않은 일입니다."

말을 잇는 그의 어조에는 잔뜩 긴장된 기색이 어려 있었다.

"하지만 가주님께서 거느린 사람들 중에는 충분히 저자들을 감당할 수 있는 능력을 가진 사람이 여럿 있지 않으십니까. 간곡하게 도와주실 수 있으신지 여쭤보라 하셨습니다."

청년은 망설이지 않고 고개를 끄덕였다.

"군이 감출 필요는 없겠지. 나 또한 원하는 일이다. 정보본부에서 전폭적인 지원을 약속한다면 기꺼이 이 일을 맡겠다."

이와타는 앉은 채로 허리를 깊숙이 숙였다.

"감사합니다, 가주님."

그의 얼굴은 흥분으로 벌겋게 달아올라 있었다.

일본의 역사 속에서도 전설로 취급되는 가문을 이끄는 당대 가주의 협조를 약속받은 자리였다. 이렇게 쉽게 성사가 되리라 예상치 않았었기에 그의 기쁨은 더 컸다.

만남의 목적은 달성되었다.

이와타는 자리에서 일어났다.

막 등을 돌리려던 그의 뇌리에 흥분으로 인해 미처 청년에게 묻지 못했던 것이 떠올랐다.

두 손을 모은 공손한 자세로 그가 청년을 향해 물었다.

"그런데 아까 죽은 자들에게 힘을 부여하는 존재를 만들려 시도했던 자가 있었다고 하셨는데, 그자가 누군지 말씀해 주실 수 있으신지요?"

청년의 얇은 입술 끝이 뒤틀리며 차가운 미소가 지어졌다.

그의 입술이 천천히 벌어졌다.

"그자는, 이시이 시로다!"

"이시이 시로……?"

이름을 되뇌는 이와타의 얼굴은 어리둥절한 기색이 떠올

라 있었다. 익숙한 이름이 아니었던 것이다. 하지만 곧 그의 얼굴은 회칠을 한 것처럼 창백하게 변했다.

세월이 오래 흐른 후라 바로 떠오르지는 않았지만, 그 이름은 역사의 한 페이지를 장식했다.

모를 수 없는 이름인 것이다.

그는 창에 심장이 찔리기라도 한 사람처럼 충격으로 어깨를 떨었다.

그만큼 가주라는 청년이 언급한 이름에 담긴 의미는 컸다.

*　　　*　　　*

노인은 가지런한 이를 드러내며 소리 없이 웃었다.

"네 표정을 보니 대답을 들을 필요도 없겠구나."

이혁은 자신의 실수를 깨달았다. 마음의 준비가 전혀 되어 있지 않은 상태에서 들은 질문이라 표정관리가 되지 않은 것이다.

"어르신은 어떤 분이십니까?"

이혁은 대답 대신 반문을 했다.

노인의 태양처럼 강렬하게 빛나던 눈빛이 누그러졌다. 그는 맨바닥에 아무렇게나 앉으며 이혁에게 손짓을 했다.

노인이 적의를 갖고 있지 않다는 걸 알고 있는 마당이

다. 그리고 이혁은 노인과 많은 대화를 나눠야 할 필요를 강하게 느끼고 있었다.

그는 노인의 손짓대로 앞으로 걸어갔다.

이혁이 일 미터가량밖에 떨어지지 않은 곳에 마주 앉자 노인이 입을 열었다.

"지금 내가 어떤 사람인지가 중요한 게 아니라는 걸 모르고 있구만. 이걸 참 한심하다고 해야 하나 답답하다고 해야 하나……."

노인의 어조에는 탄식의 기운이 섞여 있었다.

그가 말을 이었다.

"그 상황에서 네가 사람들을 구한 건 정말 어리석은 일이었다. 백번을 칭찬해도 모자랄 일이라고 생각한다면 바보임을 인증하는 짓이지. 그로 인해 앞으로 벌어질 일들을 감당할 수도 없으면서 그따위 짓을 하는 걸 어떻게 어리석다 하지 않을 수 있을까."

이혁은 노인의 말을 거의 이해하지 못했다.

자신도 잘한 일이라고 생각하지는 않지만 후회는 없었다. 아무리 양보해도 저렇게 심한 비꼼을 당할 정도의 일은 아니었다.

그래도 노인의 말을 통해 한 가지는 알 수 있었다, 노인이 인터넷에 올라갔던 동영상을 보았다는 걸.

불과 수일 사이에 거대한 권력의 힘으로 인해 인터넷에

서 더는 무역전시관사건의 동영상을 찾을 수 없게 되었다. 하지만 공개된 곳에서 구할 수 없을 뿐 주변에서 개인적으로 동영상을 손에 넣는 건 그다지 어려운 일이 아니었다.

동영상 삭제가 완전하게 이루어지기 전에 그것을 다운로드 받은 사람의 수가 전 세계적으로 수백만 명에 달했기 때문이다.

이해할 수는 없었지만 그래도 할 말은 있었다.

"검경의 추적을 말씀하시는 거라면 크게 염려하지 않으셔도 됩니다. 그런 쪽으로 흔적을 지우는 전문가가 있으니까요."

그가 말한 전문가는 물론 시은이었다.

그녀는 그 방면으로는 타의 추종을 불허하는 능력자다.

노인은 이혁의 말에 어이가 없다는 듯 풀썩 웃었다.

"허허허. 전문가라… 그나마 없는 것보다는 낫겠지. 하지만……"

노인의 눈빛이 강해졌다.

"검경 따위는 문제가 아니다. 네가 걱정해야 하는 건 그들이 아니라 다른 자들이다. 그리고 그들은 검경과 비교할 수 없을 만큼 무서운 힘을 갖고 있지."

"어떤 자들을 말씀하시는 겁니까?"

"너를 가르친 스승에게서 지난 백 년간 조선의 무맥(武脈)들이 어떻게 스러졌는지에 대해 정말 아무 얘기도 들은 것이 없는 것이냐?"

이혁은 고개를 가로저었다.

"스승님은 그런 얘기는 한 적이 없으십니다. 단지 사람들 앞에서 무예를 사용하는 걸 자제하고 평범하게 살기를 바라신다는 말씀뿐이셨습니다."

이혁의 대답을 들은 노인이 혼잣말처럼 중얼거렸다.

"네 스승의 결정을 존중하긴 한다만, 그래도 얘기는 해주었어야지. 물가에 애를 내놓은 격이 아닌가."

노인은 깊이를 헤아릴 수 없는 눈으로 이혁을 보며 말을 이었다.

"두 번째 만남에서 언급할 내용은 아니다만 네 바보짓 때문에 여유가 없어졌으니 잘 들어라. 난 반복해서 말하지 않는다."

말끝마다 바보라고 하니 듣는 이혁으로서도 기분이 좋을 수는 없었다. 하지만 노인의 말에 토를 달지는 않았다.

노인은 그가 끝을 알 수 없을 만큼 높은 경지에 이른 초강자였다. 그런 사람이 허튼 말을 할 이유가 없었다.

어느새 장중해진 노인의 음성이 그의 귓전을 파고들었다.

"고려가 멸망한 후 무를 천시하고 문을 숭상하는 나라의 풍조에 실망하며 산으로 들어간 조선의 무맥들은 세월이 가며 그 맥이 하나둘씩 단절되었다. 임진왜란이나 병자호

란과 같은 난세에 국난을 극복하기 위해 힘을 쓴 시기도 있었지만 그건 아주 짧았다. 조선은 평화로운 나라였고, 그런 환경에서 무예가 활성화되는 건 어려웠지…….”

이혁은 묵묵히 귀를 기울였다.

그를 가르친 스승은 사문의 연혁 정도만을 그에게 알려 주었을 뿐 많은 것을 이야기해 주지 않았다.

그가 평범하게 살기를 원한 건 스승의 진심이었다.

“조선의 중기를 지난 후 수십에 이르던 조선의 무맥들은 단 일곱만이 남았다. 그중 네가 맥을 이은 암왕사신류는 본래부터 존재 자체가 의심스러운 무맥이었지. 은밀하게 소문만 떠돌 뿐 실체를 본 사람이 없었으니까.”

노인의 눈빛이 어두워졌다.

“조선말과 일제 강점기를 지나며 그나마 남아 있던 일곱 개의 무맥은 모두 맥이 끊어졌다. 아니, 여섯 개라고 해야 겠구나. 그자들도 끝내 너희 암왕사신류의 후예는 발견치 못했다고 하니까 말이다.”

이혁의 눈빛이 서늘해졌다.

노인의 말 중 단어 하나가 그의 관심을 끌었다.

그가 물었다.

“그자들이요?”

노인은 고개를 끄덕였다.

“그렇다. 그자들이 아니었다면 아직도 여섯 무맥은 어딘가에서 그 맥을 잇고 있었을 것이다.”

“누굽니까, 그자들이?”

“조선 말과 일제 강점기였다. 조선의 무맥을 끊어놓을 자들이 누가 있겠느냐?”

“일본인들이었습니까?”

“맞다. 일본 군부의 지원을 받은 일본의 무사들이 근 삼십여 년 동안 조선과 만주 전역을 이 잡듯이 뒤지며 조선 무맥의 후예들을 찾아 제거했다. 일대일이었다면 상대도 않았을 자들이…….”

노인의 눈 깊은 곳에 무시무시한 살기가 어렸다.

노인은 깊이 숨을 들이 마시며 말을 이었다.

“하나의 무맥을 제거하기 위해 그들은 수만의 군과 수백의 무사를 동원했다. 아무리 강하다 해도 한 손이 열 손을 상대하는 건 쉬운 일이 아니었다. 그것도 기관총을 비롯한 현대식 무기로 무장하고 있는 자들이 적이라면… 조선 무맥의 후예들은 차례차례 제거되었다.”

그의 눈에 안개처럼 살기가 떠돌았다. 그가 말을 이었다.

“다섯 무맥이 멸절되고 마지막으로 남은 하나의 무맥 후인은 일본인들을 피해 시베리아로 갔다. 그분은 바이칼호 부근에서 10여 년을 은신하셨다. 그리고 그곳에서 한 명의 제자를 거두어 키우셨지. 하지만 일본인들은 추적을 포기하지 않았다. 그들의 마수를 피할 수 없다는 것을 알게 된 그분은 제자를 보호하기 위해 중대한 결정을 내리셨다."

노인의 목소리에 한(恨)이 서렸다.

"그분은 일본인들에게 추적할 수 있는 단서를 남기셨고, 그것을 따라온 자들에 의해 흑룡강변에서 살해당하셨다. 그때서야 조선 무맥을 멸절시키고자 했던 일본인들의 추적은 마무리되었다. 세상 사람들이 알지 못하는 비사(秘事)지……."

이혁은 노인의 신분이 무엇인지를 직감했다.

"바이칼호 부근에서 마지막으로 돌아가셨다는 분에게 가르침 받은 분이 어르신이었습니까?"

노인은 선선히 고개를 끄덕였다.

"돌아가신 스승님은 삭월비검향(削月飛劍香)의 후예셨다. 본문은 여섯 무맥 중 단검(斷劍:검을 끊음)과 비검(飛劍)에 관한 한 동아시아 최고라 자타가 공인했던 문파였다. 당연히 본문이 일본의 무사 집단을 상대하는 건 불가능하지 않았다. 그들도 약하지는 않았지만 검을 든 자들이라면 비검향은 한중일 어느 나라의 무사를 상대해도 결코 패한 적이 없는, 불패의 천 년 역사를 갖고 있는 문파다. 하지만 그분도 현대식 중화기로 형성된 탄막을 상대하실 수는 없었다."

노인은 평정을 되찾은 눈으로 이혁을 보았다.

"너는 무역전시관에서 암왕사신류의 무예를 사용했다. 내가 그것을 알아본 것처럼 틀림없이 그자들 중에도 알아보는 자가 있을 것이다."

이혁은 노인이 처음에 자신의 신분보다 중요한 것이 있다고 말한 이유가 무엇인지 짐작할 수 있었다.

그가 입을 열었다.

"어르신께서 말씀하신 그자들이란 게, 조선 무맥을 추적했던 일본 무사들입니까?"

"그렇다."

"그자들이 누굽니까?"

"그들은 천황을 숭상했던 사무라이들과 이가닌자를 중심으로 한 닌자 집단이다. 조선 무맥을 멸절시키는 데 큰 역할을 했던 건 그들 중 닌자 집단이었다. 그들은 그림자처럼 스며들어 사람을 죽이는 기술을 수십 세대에 걸쳐 대를 이으며 수련한 자들, 상대하기 쉽지 않았다. 그들에 비하면 정면대결을 숭상했던 사무라이들은 아무것도 아니었지. 그래서 스승님은 늘 암왕사신류의 후예가 그들을 상대하지 않는 것을 안타까워하셨다."

이혁은 노인의 심정을 이해할 수 있었다.

그가 익힌 무예는 독특했다.

스승에게 배울 때도 이상하다는 생각을 많이 했고, 그에 대해 여쭤본 적도 많았다. 제대로 된 대답은 듣지 못했지만.

그의 사문 무예 무영경 이십사절과 혈우팔법은 살(殺)에 특화되어 있었다. 두 무예가 가장 중시하는 건 은밀(隱密)과 무흔(無痕), 그리고 신살(迅殺)이었다.

흔적을 남기지 않으며 은밀하고 빠르게 상대를 죽이는 것.

정면대결에서도 약하지 않은 위력을 발휘하지만 어둠 속에서는 정면대결과 비교가 무의미할 만큼 강력한 힘을 발휘하는 것이 그의 사문 암왕사신류의 무예였다. 그래서 조선의 무맥들은 암왕사신류를 일컬어 자객지왕이라고 불렀던 것이다.

조선 무맥의 후예들은 암왕사신류의 후예라면, 닌자 집단을 상대할 수도 있을 것이라는 기대를 했다. 하지만 여섯 번째 무맥의 후인이 죽는 마지막 순간까지도 암왕사신류는 모습을 드러내지 않았다.

노인은 말을 이었다.

"일본의 닌자 집단은 막부가 무너지고 천황이 역사의 전면에 등장하던 시점부터 제국 시절을 거치며 많은 변화를 겪었다. 다른 나라의 무예가 현대에 이르며 쇠퇴한 것처럼 그들도 숫자는 많이 줄었다. 외부에는 거의 소멸한 것처럼 여겨지는 게 현실이지. 하지만 그들의 내실은 더욱 강해져서 현재는 융성했던 과거보다도 오히려 더 크게 발전한 상태다."

이혁의 눈이 커졌다. 노인의 얘기는 그를 포함한 세상 사람들이 알고 있는 것과는 너무도 많이 달랐다.

노인은 말을 이었다.

"제국주의 시절 이기, 고가, 야규를 비롯한 여러 갈래로 나뉘어 있던 닌자 집단은 제천회(帝天會)라는 단일 집단으로 통합되었다. 조선 무맥을 멸절시키는 데 앞장선 것도 제천회였지. 지금의 제천회는 일본 정관계와 경제계, 그리고 야쿠자들 세계와도 긴밀하게 연결되어 있다. 드러나지 않지만 실제 일본 극우의 무력배경에는 그들이 있다."

그의 눈빛이 쏘는 듯 날카로워졌다.

"그들 중에는 분명 네가 무역전시관에서 살인자들을 쓰러뜨린 동영상을 본 자가 있을 것이다. 나 같은 사람도 보았을 정도이니 긴가민가할 일도 아니다. 현 제천회의 수뇌부는 조선 무맥을 멸절시켰던 자들의 후예다. 제천회는 제국시절 조선의 일곱 무맥에 대해 방대한 조사를 했고, 많은 자료를 갖고 있었다. 암왕사신류에 대해서도 말이다. 그 자료는 아직도 그들 수중에 있다. 넌 그들 중에 네가 무역전시관에서 사용한 무예가 무엇인지를 알아보는 자가 없으리라는 보장을 할 수 있겠느냐? 그럼 일이 어떻게 전개될지 이제 좀 감이 잡히느냐?"

"오래전 일입니다. 그들의 후예가 아직도 조선 무맥을 멸절시키려 한다고 어떻게 확신하십니까?"

"흥!"

노인은 세차게 코웃음을 쳤다.

"일본 극우가 갖고 있는 정한론(征韓論)의 뿌리는 백제 멸망 시기까지 거슬러 올라간다. 단시일 내에 생성된 뜨내기 감정이나 이론이 아니란 말이다. 이 땅에 한민족의 나라가 존재하는 한, 일본 극우의 정한론은 결코 사라지지 않는다. 그리고 너희 암왕사신류는 그런 그들이 가장 두려워했던 무맥이다. 그 후예로 추정되는 자가 나타났는데 그들이 손 놓고 있을 거라는 생각은 일찌감치 버리는 게 만수무강에 이로울 거다."

이혁은 침묵했다.

노인이 하는 말 중 많은 부분은 그가 알지 못하는 영역이었다. 정한론의 뿌리가 백제멸망 시기까지 올라간다는 부분은 더욱 그랬다. 하지만 노인이 무엇을 우려하고 있는지는 명확하게 이해할 수 있었다.

입을 다물고 있던 그가 불쑥 물었다.

"그런데 어르신은 제천회에 대해 많은 것을 알고 계시는 것 같습니다. 어떻게 알게 되신 겁니까?"

노인의 눈썹 끝이 가늘게 떨렸다.

그가 말했다.

"스승님은 떠나시기 전 내게 비검향의 무예를 결코 절전시켜서는 안 된다고 신신당부를 하셨다. 그분이 나를 가르친 10년 세월은 짧지 않았지만 난 자질이 스승님의 기대에 미치지 못해 본문의 무예를 완전히 내 것으로 만들지 못한 상태였다. 나의 무예가 완성되지 않은 것을 아시면서도 스승님은 떠나실 수밖에 없었다."

노인의 목소리에는 통한의 기색이 가득했다.

"그분이 돌아가신 후 나는 본문의 무예를 수련하는데 전력을 기울였다. 그러다가 조선이 해방되었고, 일제가 패망했지. 일제패망 직후의 10여 년 동안 일본은 혼란의 극을 달렸다. 나는 그 틈을 이용해 제천회에 대한 정보를 수집할 수 있었다. 그때 만들어놓은 비선(秘線)을 통해 지금도 여러 정보를 얻고 있지."

그는 천천히 자리에서 일어났다.

이혁도 함께 일어났다.

노인은 깊은 눈으로 이혁을 보며 말을 이었다.

"내가 너를 찾은 것은 경고를 해주기 위함이었다. 그자들이 너를 노릴 거다."

이혁은 고개를 숙였다.

"감사합니다, 어르신."

노인의 말은 딴 세상 얘기처럼 일견 황당하기까지 했다. 하지만 이혁은 그 말을 믿었다. 그는 암왕사신류의 당대 전승자였으니까.

노인은 그가 모르던 것을 알게 해주었다.

적을 알고 상대하는 것과 모르고 있다가 부딪치는 것 사이에는 하늘과 땅 만큼의 간극이 있다.

과거 그의 사문 선조는 노인의 스승을 돕지 않았다. 그럼에도 노인은 그를 못 본 척하지 않고 일부러 도움을 주기 위해 그를 불렀다.

절을 해도 모자랄 만큼의 은혜였다.

"다시 뵐 수 있습니까?"

"네가 이 사태가 끝날 때까지 살아남아 있다면 볼 수도 있겠지."

"건강하십시오."

이혁이 숙인 고개를 들었을 때 노인은 이미 사라진 뒤였다.

그의 눈이 깊게 가라앉았다.

노인은 많은 것을 알려주었다. 의문도 알게 된 것 이상으로 많이 생겨났다.

'스승님은 눈에 보이는 것이 세상의 전부는 아니라고 말씀하시곤 하셨지. 그 말이 정말 실감나는 하루구나.'

이혁은 천천히 걸음을 떼었다.

바람을 쐬러 나왔다가 태풍에 휩쓸리기라도 한 것 같은 기분이었다.

제2장

의자에 몸을 파묻고 서류에 코를 박고 있던 윤석구는 허리를 폈다. 그는 눈 밑이 시커멓게 변한 얼굴로 손을 들어 관자놀이를 꾹꾹 누르며 지압을 했다.

　"골이 빠개지는 거 같군⋯⋯."

　머릿속이 헝클어진 실타래처럼 복잡해서인지 두통이 가라앉지를 않았다.

　그가 있는 곳은 대전에 마련된 국정원의 안가였다.

　원장인 김인성에게 지시를 받은 후 그는 자신의 인맥 속에서 대전의 연쇄살인사건을 조사할 만한 역량을 가진 인물을 선별해 냈고, 그(?)에게 일을 맡겼다. 그 일이 진행되던 중에 무역전시관 사건이 터졌다.

김인성 원장은 윤석구에게 대전의 현장 지휘에 대한 전권을 일임하고 그를 대전으로 보냈다. 사건의 규모가 너무 커서 일선에 있는 하급 직원들의 역량으로는 제대로 된 후속조치를 취하기 어려웠다.

2차장인 윤석구라면 그들을 일사불란하게 지휘할 권한과 자격이 있었다. 그 이전부터 대전의 연쇄살인사건에 대한 중요한 역할을 맡고 있는 상태이기도 했고.

국정원의 차관은 중앙부처 차관 급이지만 그 영향력과 중량감은 어지간한 장관보다 강한 것이 현실이다.

윤석구가 현장 지휘를 맞자 사건과 관련된 시스템은 빠르게 안정되었다.

대전으로 내려온 후 지난 사흘 동안 그는 하루 한 시간만 자며 일을 했다. 오십대의 그에겐 강행군이었다.

사태의 수습과 조사를 병행하는 과정은 복잡하고 지난했다.

살인자들은 하늘에서 떨어지기라도 한 것처럼 행적을 추적할 수 없었고, 반면 공조해야 할 외부 기관들은 하나둘이 아니었다.

경찰과 검찰, 소방은 기본이었고, 군과 지역 및 중앙언론, 그리고 광역시 당국과도 협조해야 할 일들이 산더미처럼 쌓여 있었다.

거기에 미국을 비롯한 일본과 러시아, 중국의 첩보원들

도 은밀하게 움직이고 있는 정황까지 포착되고 있었다.

"원장님이 인터넷의 보안작업이라도 제외시켜 준 걸 정말로 다행이라고 위안 삼아야 할 판이군. 그것까지 맡았으면 과로사했을지도 모르니까. 그렇지 않느냐?"

"돌아가는 상황을 보면 가능성이 아예 없지는 않았을 거 같네요."

가슴까지 시원해지는 듯한 맑은 음성이 윤석구의 질문을 받았다.

언제 들어왔는지 책상 맞은편에는 이십대 중후반의 여인 한 명이 서서 윤석구를 보며 소리 없이 웃고 있었다.

눈에 확 들어올 만큼 미인은 아니었지만 170센티가 훌쩍 넘는 키와 입고 있는 옷이 터지지 않을까 걱정될 정도로 육감적인 몸매는 절로 보는 사람의 시선을 잡아끌었다.

"앉아라."

윤석구는 일어나 책상을 돌아 나오며 여인에게 자리를 권했다.

얇은 반팔 티와 청바지에 운동화를 신은, 편안한 차림의 여인은 옷차림만큼이나 편안한 태도로 소파에 앉아 다리를 꼬았다.

윤석구도 맞은편 소파에 앉았다.

"성희야, 뭔가 나온 게 좀 있는 거냐?"

"많이 복잡하더군요."

여인, 윤성희의 말에 윤석구의 표정이 밝아졌다.

무언가 알아낸 것이 없다면 저렇게 표현할 수 없는 것이다.

"말해봐."

윤성희는 청바지 뒤 호주머니에 아무렇게나 꽂혀 있던 종이다발을 꺼내어 윤석구에게 건네주었다.

"먼저 보시는 게 나을 거예요. 말씀은 그 후에 드릴게요."

서류를 받아 드는 윤석구의 얼굴에 쓴웃음이 떠올랐다.

이 나라에서 과연 어떤 사람이 그에게 이런 식으로 구겨진 서류를 건네며 저렇게 툭 던지는 듯한 말투로 듣기 전에 읽기부터 하라고 할 수 있을 것인가.

"넌 언제나 변함이 없군."

윤성희는 싱긋 웃었다.

"그게 제 매력이라고 입술에 침이 마르도록 칭찬하셨던 분이 누구시더라……."

윤석구는 고개를 흔들며 웃고 말았다.

그렇게 말했던 사람이 바로 그였으니까.

서류는 몇 장 되지 않았다.

그 내용은 구구절절 풀어 설명하는 형식이 아니라, 책의 목차처럼 간략하게 요약된 것이었다. 덕분에 윤석구는 5분도 걸리지 않아 서류의 마지막 장을 덮을 수 있었다.

극심한 피로로 인해 느슨하게 풀어져 있던 그의 눈에 초점이 돌아오며 빛이 번뜩였다.

"그 괴물들이 유성회와 관련이 있고, 그들과 어울린 일본인들이 있다. 게다가 태룡의 서복만이 보낸 부하들이 그들 모두를 지원하고 있었던 것으로 판단된다……."

윤성희에게 시선을 준 채로 그가 말을 이었다.

"하지만 증거가 모두 소멸되어 추정할 수밖에 없는 상황이다… 이게 결론이냐?"

호주머니에서 초코바를 꺼내어 씹고 있던 윤성희가 태연한 얼굴로 고개를 끄덕였다.

"예."

"이제 설명을 듣고 싶군."

"그럴까요?"

윤성희는 마지막 남은 초코바의 조각을 빠르게 씹어 꿀꺽 삼켰다.

"음……."

작은 헛기침과 함께 생각을 가다듬는 시늉을 하던 윤성희가 입을 열었다.

"최근 수개월 동안 대전 지역에 풀린 마약의 양이 생각보다 많더군요."

윤석구는 어리둥절해졌다.

"갑자기 웬 마약이냐?"

윤성희는 가지런한 흰 이를 드러내며 싱긋 웃었다.

"전보다 많이 조급해지신 거 같네요. 들어보세요. 호호호."

윤석구는 또다시 쓴웃음을 지으며 입을 다물었다.

윤성희가 말을 이었다.

"저는 세상에 원인이 없는 결과가 있다는 걸 믿지 않아요. 평소와 다른 무언가가 있다는 건 그럴 수밖에 없는 이유가 있어서라고 생각하죠. 마약의 양이 늘어난 건 대전지역의 마약 공급자들 수가 증가했거나, 동일한 공급자가 취급하는 양이 많아졌거나, 둘 중의 하나겠죠. 간단한 조사만으로 후자는 아니라는 게 확인되었어요. 대전의 검경은 그에 대한 확실한 자료를 갖고 있더군요."

"후자가 아니라면… 그럼 다른 공급자가 끼어들었다는 거로군."

"예. 그리고 새로운 공급자는 유성회의 행동대장 김홍기의 오른팔이라 불리던 장일수와 부하들이었어요."

"유성회? 이번에 수뇌부와 정예가 몰살당한 그 유성회 말이냐?"

윤석구는 윤성희가 왜 뜬금없이 마약부터 언급하며 이야기를 시작했는지 알 수 있었다.

"미친놈들이로군. 폭력조직이 마약을 다루면 그 순간부터 망조가 든다는 걸 모를 만큼 어리석은 자였다는 건가?"

윤성희는 고개를 가볍게 가로저었다.

"모양새가 그건 아니었어요. 마약을 취급한 건 맞는데 그게 조금 이상하더군요. 다른 유성회 조직원들은 유성회가 마약을 취급하고 있다는 걸 전혀 모르고 있었어요. 마약판매는 극도로 비밀스럽게, 조직의 사업과는 독립되어 운영되고 있었던 거죠."

윤석구는 이해가 가지 않는지 눈살을 찌푸렸다.

"우리나라에서 마약을 취급하면서 꼬리가 밟히지 않기를 바라다니, 그게 말이 되나? 조직이 공중분해 될지도 모르는 중대한 사안인데?"

말을 하던 윤석구의 얼굴에 묘한 기색이 떠올랐다. 그 또한 첩보 분야에서 잔뼈가 굵은 인물이다.

그가 혼잣말하듯 중얼거렸다.

"검경이 냄새를 맡았을 때 던져 줄 미끼로 쓰려고? 무엇 때문에 그렇게 복잡한 방법을 택한 거지? 무엇을 얻고 싶어서?"

"빙고!"

윤성희가 웃으며 말을 이었다.

"아직 감각이 살아 계시다니까요. 호호호. 맞아요. 유성회의 보스였던 최일은 마약을 판매하는 조직원들이 검경에 잡히길 바랐던 거 같아요. 그리고 검경의 칼날이 태룡의서 회장에게 향하기를 원했고요. 물론, 그 정도로 서 회장이 끝장날 거라는 생각을 하지 않았겠지만요."

"최일이 그렇게 간이 큰 타입이었나?"

"그도 간이 컸지만 그렇게 시킨 거물이 없었다면 감히 실행에 옮길 생각을 하지는 못했을 거예요."

"서복만 말고 다른 자가 있었……."

되물으려던 윤석구의 눈이 빛났다.

"상산의 이자룡?"

윤성희는 고개를 끄덕였다.

"이자룡이 아끼는 이진욱이라는 자가 십여 명의 수하와 함께 아직도 대전에 머물고 있는 게 확인되었어요. 그자의 통화내역을 뽑아보니 매일 최일과 서너 번씩 통화를 했더군요. 정황으로 보면 최일은 태룡회와 상산파에 양다리를 걸쳤던 거 같아요. 제가 조사한 바로는 서복만과 이자룡은 최일을 이용한다고 생각한 듯하지만 실상은 최일이 그 둘을 이용해 대전과 서울에서 두 거대 세력 간의 싸움을 유도하고, 그 혼란의 틈을 비집고 들어가 서울에 터를 잡으려 했던 거 같더군요."

"허……."

윤석구는 낮게 탄성을 토했다.

"정말로 간이 큰 놈이 아닌가. 이자룡과 서복만 같은 자를 상대로 꼼수를 부릴 생각을 하다니!"

윤성희는 싱긋 웃으며 말을 받았다.

"어쨌든 최일이 죽으면서 마약과 관련된 건 종결된 것이나 마찬가지예요. 지시자인 최일과 김홍기, 그리고 실무를 책임졌던 장일수까지 광진주류 건물에서 시신으로 발견되었으니까요. 세 개 파가 무슨 생각을 했든 이제는 의미가 없는 일이 된 거죠. 제가 주목한 건 세 개 파의 구렁이 같은 속마음이 아니라 마약 그 자체였어요."

"그건 왜지?"

"태룡의 서복만도 상산의 이자룡도 마약을 취급하지 않아요. 차장님이 관심을 가질 만한 인물들이 아니어서 잘 모르시겠지만요. 서복만도 그렇지만 특히, 이자룡이 마약을 얼마나 경멸하는지는 잘 알려진 사실이에요. 그들과 어떤 식으로 연결되었든 최일은 그들로부터 마약을 공급받을 가능성이 전혀 없었다는 말이죠. 그런데도 그는 마약을, 그것도 순도가 높은 크리스털을 어딘가로부터 공급받고 있었어요. 이상한 일이잖아요?"

"그래서?"

"크리스털의 공급은 대전의 외곽에서 이루어졌어요. 저는 그 지역을 수색했죠. 그리고 찾아냈어요. 그들이 마약을 제조했던 곳은 양계장으로 위장하고 있더군요. 지하에서 제조되었던 것으로 추정되지만 그에 대한 확실한 증거를 확보하는 데는 실패했어요. 공장이 있던 곳 전체가 불에 타고 무너져 있었거든요."

"증거를 인멸했군."

"예."

윤성희는 짧게 대답한 후 계속 말을 이었다.

"직접 증거는 사라졌어요. 하지만 수개월 동안 그곳에서는 마약이 제조되었고, 여러 사람이 왕래했어요. 정황과 목격자가 하나도 없을 수는 없는 일이었죠. 저는 그곳에서 일본인들이 들락날락하는 걸 보았다는 목격자를 찾아낼 수 있었어요. 그래서 출입국 기록을 뒤지고 서복만이 최근 수개월 내에 만났던 일본인을 대조해서 마약 제조 시설이 있던 곳에 머물던 자가 누구인지 알아냈어요. 비록 추정이긴 하지만요."

"그게 누구지?"

"다이키 후지와라."

윤석구는 눈살을 찌푸렸다.

이름이 생소했던 것이다.

"저도 처음 듣는 이름이라 조사를 좀 해보았어요. 이름을 들으면 일본인이지만 그는 미국 동부 지역에 있는 후지와라라는 일본계 미국인 가문의 인물인 듯싶어요. 그가 입국한 건 꽤 되었고요. 며칠 전에는 그와 성이 같은 자가 한명 더 입국했더군요, 타케시 후지와라라는. 아마도 형제가 아닐까 싶습니다만 보다 자세한 건 차장님께서 조사하셔야할 일이고요."

윤성희는 살짝 눈웃음을 쳤다.

귀를 기울이던 윤석구가 물었다.

"네가 준 서류의 첫 장에 대한 설명은 잘 들었다. 이제 나머지도 설명해 보거라."

"제가 마약제조에 대해 먼저 이야기를 한 건 그것을 제조하던 공장에서 발견한 흔적 때문이에요. 제조공장은 무너지고 불에 탔지만 모든 것이 파괴되지는 않았죠. 그곳에서는 대전에 풀린 것의 수백 배가 넘는 대량의 마약이 제조되고 있었던 듯해요. 그리고 그 마약은 판매용이 아니라 어떤 실험을 위한 재료였고요."

윤석구의 눈빛이 강렬해졌다.

그는 이 세상에서 윤성희가 어떤 능력을 갖고 있는지 알고 있는 유일한 사람이었다.

그녀는 해운대 모래사장에 바늘을 던져 놓고 찾아내라고 하면 10분 안에 그것을 찾아올 수 있었다.

집중력과 관찰력, 그리고 기억력과 분석력 더해서 종합 추리능력까지, 그녀는 세상에 알려져 있지 않은 진정한 천재였다. 그리고 세상 사람들에게 알려져서는 안 되는 능력도 갖고 있는 여인이었다.

드러난 능력만으로도 그녀는 스물아홉 살의 젊은 나이에 한때 사직동 팀이라고 불렸던 경찰청 특수수사과의 팀장이 되었다.

윤석구가 국정원장인 김인성에게 대전 살인사건을 조사하기에 적합한 인물로 추천한 사람이 바로 그녀였다. 그리고 그녀는 그가 사랑하는 조카이기도 했다.

"실험이라… 그곳에서 무언가를… 본 거냐?"

윤성희는 고개를 끄덕였다.

"일백이 훨씬 넘는 원혼들이 있었어요. 그리고 그들을 원혼으로 변하게 만든 잔혹한 실험을 보았고요. 저는 무역전시관에서 살육을 벌였던 자들이 사람의 생명을 재료로 사용해서 만들어진… 그리스 신화에 나오는 '키마이라' 와 같은 종류가 아닐까 생각하고 있어요."

"키마이라? 그 살인자들이 유전자조작으로 만들어진 키메라 같은 존재라는 거냐?"

윤성희의 얼굴에서 어느새 미소가 사라져 있었다. 대신 그녀의 얼굴을 채운 것은 강한 분노였다.

"예. 하지만 어떻게 그게 가능한지는 아직 모르겠어요. 삼촌도 아시는 것처럼 제가 남들이 보지 못하는 걸 보긴 하지만, 프레임 수가 적은 옛날 흑백 TV 화면처럼 흐릿하고 끊어지는 영상이라서……. 그곳에서 사람의 몸을 재료로 끔찍한 실험이 행해진 건 확실해요. 대량으로 제조된 마약과 함께 재료로 변한 가엾은 희생자들의 피와 살와 뼈, 그리고 뭐라고 할까 그들에게서 나온 어떤 영적인 기운 같은 것들까지 그 살인자들의 몸으로 빨려 들어가는 것을 보앉어요."

세상 사람들에게 알려져서는 안 되는 윤성희의 능력, 그건 영안(靈安)에 대한 것이었다.

그녀는 어렸을 때부터 무속인들에게 내린다는 신기(神氣)가 있었다.

정통 명문가라 할 수 있는 그녀의 가문에서는 그녀의 신기를 제거하기 위해 많은 노력을 기울였다.

그 노력 덕분이었는지 그녀는 무속인이 되지 않았는데도 신병(神病)을 앓지 않았다. 하지만 후유증처럼 무속인의 능력은 남았다.

그것이 영안이었다.

하지만 그녀의 영안은 통상의 무속인들이 갖고 있는 것과는 많이 달랐다.

그녀가 영안으로 보는 것 중에는 귀신도 들어 있지만 더 중요한 건 어떤 자리든 그곳에서 벌어졌던 과거를 볼 수 있다는 것이었다.

그녀의 영안은 초능력 중에서 사이코메트리(Psychometry)와 비슷한 면이 있었지만 그와도 조금 달랐다.

사이코메트리는 사건과 관련된 사람의 소유물을 만져 그와 관련된 정보를 읽어내는 능력이지만 그녀는 관련된 물체에 손을 대지 않아도 그 장소에서 일어났던 과거의 일을 볼 수 있었고, 볼 수 있는 범위도 비교할 수 없을 만큼 넓었다.

그리고 그녀가 귀신들의 말을 듣지 못한다는 것과 미래를 보지 못한다는 것도 무속인들의 능력과 분명하게 다른 점이었다.

윤석구의 얼굴이 무거워졌다.

"그자들이 실험체였다면… 실험을 행한 자들이 있다는 뜻이 아니냐? 그들이 서복만과 후지와라 라는 성을 쓰는 미국계 일본인이라고 의심하는 거냐?"

윤성희는 고개를 저었다.

"서복만은 아닐 거예요. 그가 사람들을 재료로 공급하는 역할을 맡긴 했겠지만 실험 내용까지 알고 있었다고는 생각되지 않아요. 그런 키메라를 만들어내는 실험이라면 조직의 미래를 장담할 수 없다는 것 정도는 알 사람이니까요."

"그럼 후지와라라는 자겠구나."

"가능성이 제일 높아요."

"알았다……."

윤석구는 지그시 눈을 감고 생각에 잠겼다. 한국 땅에서 윤성희가 말한 정도의 실험을 행할 정도라면 가볍게 볼 자들이 아님은 명백했다.

"왜 이 땅에서 그런 실험을 한 걸까?"

윤성희는 얼굴을 펴며 어깨를 으쓱했다.

"그건 저도 아직 모르겠어요. 삼촌, 저는 전지전능하지 않다고요."

"하하하."

낮게 웃은 윤석구가 말을 이었다.

"알았다. 그건 내가 알아보마. 그건 그렇고, 전시관에서 그들을 죽인 사람이 누군지도 보았느냐?"

윤성희가 눈살을 찌푸렸다.

"그게 좀 묘해요."

"묘하다고? 그건 또 무슨 소리냐?"

"전시관에서 그와 싸운 키메라들은 보이는데 그는 보이지가 않았어요. 제게는 살인자들이 마치 아무것도 없는 허공과 싸우는 것처럼 보였어요. 그는 제 영안에 전혀 잡히질 않아요."

윤석구의 얼굴에 어리둥절한 기색이 떠올랐다.

"그게 무슨 말이냐? 한 번도 그런 경우가 있었다고 말한 적이 없었잖냐?"

세상에서 그녀가 지닌 영안의 능력에 대해 알고 있는 사람은 윤석구와 그녀의 부모 등 세 사람뿐이었다. 그리고 그녀의 부모보다 윤석구가 더 많은 것을 알고 있었다.

영안에 보이는 것 때문에 혼란스러워하며 정신이 피폐해져 가던 그녀를 안정시키고 그 능력을 성장시켜 오늘에 이르게 한 사람이 그였으니까.

윤성희가 고개를 갸웃하며 대답했다.

"그래서 제가 묘하다고 한 거예요. 저도 이런 경우는 처음이라서. 하지만 그가 현장에 있었던 건 의심할 수 없는 사실이고……."

"왜 그런지 짐작이 가는 것도 없는 거냐?"

"한 가지… 짐작 가는 게 있긴 해요. 나중에 말씀드릴게요. 제게도 황당한 가설이라……."

윤석구의 얼굴이 멍해졌다.

"영안보다 더 황당하다고?"

그는 과거를 투시하는 능력을 가진 윤성희가 황당해 할 만한 것이 과연 무엇이 있을지 상상이 되질 않았다.

윤성희는 어색하게 웃으며 대답했다.

"예."

"허… 대체 그게 뭐기에 그렇다는 거냐?"

"나중에요. 알아보고 말씀드릴게요."

윤성희가 이렇게까지 말하면 끝까지 추궁하기가 쉽지 않았다. 그녀는 털털한 성격이지만 고집이 만만찮았다.

윤석구는 혀를 차며 고개를 끄덕였다.

"쯧… 알았다."

그가 연이어 물었다.

"그를 찾는데 얼마나 걸리겠냐?"

크게 걱정하지 않는 듯한 그의 말투에서 윤성희가 '그'를 찾지 못할 거라는 가능성을 전혀 염두에 두고 있지 않음을 알 수 있었다.

"저 혼자라면 상당한 시일이 걸릴지도 몰라서 친구의 도움을 받을까 해요. 사람을 찾는 데는 저보다 그 친구가 더 전문가예요."

"도와줄 수 있는 친구가 대전에 있었냐?"

"예. 경찰대 동기가 대전 중부서 강력반에서 일하고 있어요. 이수하라고 꽤 능력이 있는 친구죠."

"잘됐구나."

윤석구는 등을 소파에 깊게 묻었다.

대화가 마무리 단계에 이르자 다시 피로가 몰려오는 듯한 표정이었다.

그가 중얼거렸다.

"평생 별별 이상한 사건도 많이 겪었지만 이번처럼 비현실적인 일들이 겹쳐서 일어나는 걸 본 건 처음이다……."

윤성희는 허리를 굽혀 윤석구의 손을 잡으며 말했다.

"때로는 현실이 더 영화 같다는 거, 삼촌도 잘 아시잖아요."

윤석구와 그녀의 눈이 마주쳤다.

그녀가 윙크를 하며 CF송의 리듬을 담아 말했다.

"삼촌, 힘내세요, 성희가 있잖아요!"

윤석구의 안색이 밝아졌다.

"하하하하, 그래, 네가 있었지."

두 사람은 마주 보며 빙그레 웃었다.

*　　　*　　　*

인천 송도의 한 호텔 스위트룸.

우뚝 서서 고개를 푹 숙인 타카이의 정수리를 내려다보고 있는 다이키의 얼굴은 며칠 사이에 반쪽이 되어 있었다.

눈동자도 붕 떠 있어서 반쯤은 넋이 나간 사람 같았다.

그가 중얼거리듯 맥 빠진 목소리로 물었다.

"더는 단독으로 그자를 추적할 수가 없다고?"

"죄송합니다."

짧게 대답한 타카이는 입술을 지그시 물었다. 이런 대답을 할 수밖에 없는 자신이 한심스럽기 그지없었다.

그가 말을 이었다.

"한국 국가정보원의 2차장이 직접 내려와 현장을 통제하며 조사하고 있습니다. 한국의 검경과 국정원 직원들이 초긴장 상태로 대전시내외를 이 잡듯이 조사하고 외곽에는 공수특전단까지 배치되어 있어서 '그'에 대한 조사를 진행할 수가 없는 상황입니다."

그는 침을 삼켰다.

입천장이 쓰렸다.

입안까지 바짝 말라 있는 것이다.

보고를 받으며 다이키는 주먹을 쥐었다가 펴는 행동을 반복했다. 의식하지 못하고 하는 행동이었다. 그만큼 마음이 초조했다.

타카이가 성과를 올리지 못했다고 타박할 수도 없는 현실이 답답했다. 그러나 그것이 현실이었다.

가뜩이나 좁은 한국 땅의 도시 한곳에서 발생한 일이었다. 게다가 한국은 외국인이 자유롭게 활동하기 어려웠다.

글로벌화되고 있긴 하지만 그건 서울이나 해당 되는 얘기고 지방은 아직도 외국인에게 배타적이어서 움직임이 금방 눈에 띈다.

그런 곳에 검경과 국정원, 그리고 군까지 조사에 투입되고 있었다. 외국인이 활동하기엔 최악의 환경이었다.

그가 인천까지 와 있는 것도 그 때문이었다.

문제는 그뿐만이 아니었다.

다이키가 물었다.

"서복만은?"

"요시오의 말로는 특별한 움직임은 보이지 않는답니다."

요시오는 한국에서 활동하고 있는 일본 내각정보조사실 소속의 블랙요원이다. 그리고 후지와라 가문의 오랜 정보원이기도 했다.

다이키는 고개를 끄덕였다.

서복만이 아무리 간이 큰 자라 해도 지금 당장 최일의 죽음에 얽힌 사안을 조사하거나 다이키를 추적하는 짓은 하지 못할 터였다.

그렇게 어리석은 자가 아니었다. 그런 움직임을 보이는 즉시 검경의 주목을 한 몸에 받게 될 것이라는 걸 모를 리 없는 것이다.

"다른 곳도 상황은 비슷하겠군."

"예, 혈해와 앙천, 진혼까지도 대전에 관심을 가진 듯합니다만, 눈에 띄는 움직임은 보이지 않고 있습니다. 진혼을 제외하면 혈해와 앙천은 한국에서 자유롭게 활동할 수 있을 만큼 폭넓은 인맥을 갖고 있지 못합니다. 화교와 일을 찾아온 체류자들이 있지만, 숫자가 적고 고급 정보를 취급할 수 있는 위치에 있는 사람도 많지 않죠. 한국은 지금까지 그들이 크게 관심을 가졌던 지역이 아니었으니까요."

"그렇겠지……."

다이키는 멍한 얼굴로 말을 받았다.

그를 가장 크게 괴롭히고 있는 건 일이 대체 어디서부터 잘못되었는지 도통 알 수가 없다는 점이었다.

그렇게 공을 들였던 마루타는 현장에서 증발하듯 소멸해 버렸다. 나카모토를 통해 장착했던 자폭 장치가 그들을 소멸시킨 것도 아니었다. 자폭장치는 이름 그대로 폭탄이었다. 하지만 마루타들은 녹아버렸다. 폭발은 없었다.

그것이 말해주는 건 하나였다.

다른 힘이 개입된 것이다. 그러나 다이키는 어떤 힘이 개입되었는지 아직까지도 알아내지 못하고 있었다.

그 때문에 다이키는 마루타들과 싸웠던 '그'를 잡아야 했다. 그는 마루타들을 쓰러뜨린 '그'라면 무언가 알고 있을 거라고 믿었다.

실낱같은 바람이었지만 그는 절실했다.

지금 상태가 지속된다면 아무리 그가 가문의 장자라 해도 감당하기 힘든 후폭풍이 불어올 것이 명백했으니까.

그가 타카이에게 물었다.

"타케시는?"

"따로 손을 쓰고 계신 듯합니다만… 감히 여쭤볼 수 없었습니다."

다이키는 타카이의 입장을 이해했다.

타케시는 그와 성격이 많이 달랐다. 냉혹했고, 과단성이 있었다. 그리고 그와 사이가 좋지 않았다.

그의 심복인 타카이가 주의를 기울이고 있다는 것을 알게 되면 그 순간 타케시에게 죽임을 당할 확률이 백퍼센트에 가까웠다.

뚜루루뚜루루.

핸드폰에서 벨이 울렸다.

이마에 밭고랑처럼 굵은 주름이 생긴 채로 생각에 잠겨 있던 다이키는 흠칫했다. 호주머니에서 휴대폰을 꺼내어 액정에 뜬 이름을 본 그의 안색이 밀랍처럼 창백해졌다.

버튼을 누른 그가 입을 열었다.

"접니다, 아버님."

다이키의 입에서 나온 호칭을 듣는 순간 타카이의 안색이 어두워졌다.

대화는 짧았다.

휴대폰을 끊은 다이키의 안색은 걱정스러울 만큼 핏기가 없었다.

그가 힘없이 타카이에게 말했다.

"귀국 준비를 하도록… 가장 빠른 저녁 비행기로 떠나야 한다."

타카이는 이를 악물며 고개를 숙였다.

"알겠습니다."

가장 두려워하던 일이 벌어졌다.

본가의 소환명령이 떨어진 것이다.

* * *

대전 도룡동 롯데시티 호텔 특실.

치지지지직.

동영상이 끝나며 화면에 회색이 노이즈가 생겨났다.

"다시 봐도 믿기지 않는 속도와 힘이라니까. 헐리우드에서도 저만큼 제대로 된 특수효과를 내기는 어렵지 않을까 싶어. 제이슨, 그러니까 저 인간 같지 않게 싸우는 양쪽을 다 조사해야 한다는 거죠?"

탐스러운 흑갈색의 생머리를 등 중간쯤까지 기른 글래머러스한 백인미녀가 한쪽 눈을 찡긋하며 물었다.

제이슨은 혀를 찼다.

"레나, 일부러 못 들은 척 하지 마. 괴물들의 배후에 누가 있는지, 그리고 그 괴물들을 제거한 '그'가 누구인지 알아내는 건 물론이고 다른 놈들이 채가기 전에 반드시 양쪽 다 손에 넣어야 해. 그게 너와 에이단이 이 나라에서 해야 할 일이라고."

그의 시선은 소파에 앉아 손에 든 닌텐도 게임기를 정신없이 조작하고 있는 흑인소년을 향했다.

소년은 제이슨과 레나의 대화에 전혀 귀를 기울이는 기색이 아니었다.

"에이단, 듣고 있는 거냐?"

흑인소년의 시선이 제이슨을 스치듯 지나갔다.

"지금 나 바빠. 엔딩 보기 직전이라고."

레나가 생긋 웃으면서 제이슨에게 말했다.

"내버려 두세요. 에이단이 말은 저렇게 해도 제 할 일은 확실하게 하니까."

제이슨은 쓰게 입맛을 다셨다.

그는 레나와 에이단을 어제 처음 만났다. 그들의 이름을 들은 것도 어제가 처음이었다. 당연히 그들의 성격도 알지 못했다.

게다가 그는 그들을 지휘할 수 있는 입장에 있지도 못했다.

상부에서는 그들이 어떤 결정을 하든 개입하지 말고 지원만 하라는 것으로 그의 역할을 단정 지었다.

레나와 에이단을 돌아보는 제이슨의 눈매에 가는 주름이 잡혔다.

'위에서 아무 생각 없이 보내진 않았을 텐데… 이런 꼬맹이들이 과연 일을 제대로 할 수 있을까……?'

두 사람에 대해 상부에서는 그들의 이름 외에 아무것도 알려주지 않았다. 그래서 그는 둘에 대한 정보를 갖고 있지 못했다.

어느 정도의 능력을 갖추고 있는지 전혀 알지 못하고 있는 것이다.

하지만 다른 걸 떠나서 둘의 나이가 문제였다.

아무리 많게 봐줘도 레나는 스물다섯을 넘어 보이지 않았고, 에이단도 열일고여덟 이상은 아니었다.

대전에 투입되고 있는 다른 조직들의 역량을 고려할 때 두 사람의 나이는 너무 어렸다. 도저히 목적을 이룰 것처럼 보이지 않는 것이다.

그 때문에 어제 처음 그들을 본 즉시 그는 상부에 문의를 겸한 항의를 했다. 하지만 상부는 그의 항의를 간단하게 일축했다.

설명은 일체 없었다.

무조건 지시를 따르라는 말만 반복되었을 뿐이다.

*   *   *

이상윤은 소파에 길게 누워 초점이 흐린 눈으로 천장에 시선을 주고 있었다. 그는 밤새 CCTV를 조사하는 자들을 지켜봤고, 여러 곳에서 올라오는 정보들을 확인한 후 새벽녘에 소파에서 잠들었다.

벽에 걸린 시계는 오전 9시 45분을 가리키고 있었다.

그래도 다섯 시간 정도는 잔 듯했다. 최근에 그는 불면증에 시달리고 있어서 잠을 거의 이루지 못했다.

시간이 흘러도 이소영을 데리고 간 자에 대한 가시적인 정보를 얻지 못하면서 마음의 불안이 점점 커지고 있는 탓이었다. 윗선에서도 독촉이 점점 심해지고 있었다. 스트레스가 심할 수밖에 없는 나날이 이어지고 있었다.

이상윤의 눈에 초점이 돌아왔다.

누군가 옆으로 다가왔기 때문이었다.

"형님, 드릴 말씀이 있습니다."

그의 날카로운 신경을 아는 탓에 말 하는 자의 어투는 조심스러웠다.

이상윤은 고개를 돌렸다.

그의 눈치를 살피고 있는 자는 삼십대 초반의 건장한 체격을 갖고 있었다. 이번 일을 하면서 벌써 몇 달째 한솥밥을 먹고 있었다.

이상윤은 일어나 앉으며 물었다.

"뭐냐?"

"태룡회의 말단 조직원 중에 이상한 얘기를 하는 놈이 있답니다."

이상윤은 눈살을 찌푸렸다.

"그러니까 그게 뭐냐고!"

그의 음성이 날카로워졌다.

찔끔찔끔 돌려 말하는 것에 짜증이 난 탓이었다.

긴장한 남자는 부동자세로 얼어붙었다. 칼새 이상윤의 잔인함은 남자가 이 바닥에 들어오기 전부터 정평이 나 있는 것이다.

그가 바짝 언 목소리로 말했다.

"이번에 대전의 무역전시관에서 일어난 사건의 동영상을

본 어떤 놈이 거기서 살인자들과 싸우던 얼굴 가린 놈과 비슷한 자식을 알고 있답니다."

"그런데?"

이상윤도 무역전시관 사건을 알고 있었다. 하지만 관심은 없었다. 그가 추적하고 있는 것과 상관이 없는 일이었으니까.

남자가 대답했다.

"그놈과 이소영을 꺼내 간 놈이 동일인일 수도 있습니다."

이상윤의 눈이 커졌다.

피곤하던 기색은 어느새 씻은 듯이 사라졌고, 그의 눈은 먹이를 발견한 뱀처럼 빛나고 있었다.

"읊어봐."

보고하는 남자의 목울대가 움직이며 꿀꺽하는 소리가 났다.

이상윤의 눈에 떠오른 기대와 긴장의 빛을 읽었기 때문이다. 남자는 여기서 이상윤의 기대를 충족시키지 못하면 박살이 날 거라는 걸 직감하고 있었다.

"그게… 그러니까… 태룡회 꼬마 놈들 중에 배병종과 조찬식, 최우한이라는 놈들이 있습니다. 아직 이마에 피도 마르지 않은 놈들이긴 한데… 그놈들이 몇 달 전 대전에서 대차게 깨진 적이 있답니다. 그런데 그놈들이 무역전시관 동영상을 보고는 얼굴 가린 놈을 가리키며 '미친개와 비슷하다'라고 했다는 겁니다."

"미친개?"

"에, 그 녀석들을 깬 놈 별명이랍니다."

"이름은?"

"이혁이라고 했습니다."

"미친개 이혁이라……."

이상윤의 잇새로 낮은 혼잣말이 흘러나왔다.

가늘어진 그의 눈에 섬뜩한 빛이 어렸다.

"동영상에는 그놈의 얼굴이 제대로 잡히지 않았다. 측면과 등뿐이고 정면은 살인자들에 의해 가려졌어. 그런데도 애들이 '그'가 미친개라는 자라는 걸 어떻게 알아봤다는 거냐?"

"그게… 아마도 체형과 무술이 눈에 익었다는 것… 같았습니다."

대답하는 남자의 목소리는 안으로 기어들어 갔다.

말을 하는 그도 확신하지 못한 탓이었다.

"흠… 그렇다 치고. 미친개하고 이소영을 데리고 간 놈은 어떻게 연결시킨 거냐?"

"애들이 동영상을 보는 자리에 동규가 같이 있다가 그 말을 들었습니다."

"동규? 하동규?"

"예."

하동규라면 지금까지 함께 이소영을 데리고 간 자를 추적한 조직원으로, 지금 보고하는 남자의 직속 후배였다.

"동규가 애들 말을 듣고 우리가 지금까지 조사했던 자의 인상착의를 대조했더니 동일인일 확률이 굉장히 높다는 결과를 얻었답니다."

그들은 이소영을 데리고 간 자를 추적하며 그가 개입한 사건이 적지 않다는 것을 알아냈다. 그리고 그자에게 당한 상대들로부터 그자의 인상착의를 얻어냈다.

그것에 일치되는 사람을 찾아내지는 못했지만 몽타주를 만들 정도의 수준은 되었다.

이상윤이 그동안 헛고생만 하지는 않은 것이다.

이상윤의 눈썹이 사납게 꿈틀거렸다.

"그 미친개라는 놈의 신상명세는 파악한 거냐?"

질문을 받은 남자의 이마에 식은땀이 송골송골 맺혔다.

사실 그가 하동규로부터 이 얘기를 들은 건 며칠 전이었다. 하지만 그는 스치듯 들은 얘기라서 관심을 갖지 않았다. 있을 수 없는 일이라고 생각했기 때문이다.

그도 그럴 것이, 온 국민이 정체를 알고 싶어 하는 당사자를 이마에 피도 마르지 않은 말단 조직원이 알고 있고, '그'가 자신들이 추적하고 있는 자일 수도 있다는 말을 믿는 게 오히려 이상한 일이었다. 비약이 너무 심한 것이다.

방금 전에 언뜻 생각이 나지 않았다면 보고할 생각조차 하지 못했으리라.

당연히 사전조사는 전혀 되어 있지 않았다.

그는 정보를 다루는 훈련을 받은 적도 없고, 일반 회사 생활을 한 적도 없었다. 머리가 굵어질 때부터 주먹질로 잔뼈가 굵은 그가 일을 어떻게 하는지 알 리가 없었다.

그는 고개를 푹 숙였다.

"아직… 죄송합니다, 형님."

이상윤은 속이 부글거렸지만 내색하지 않았다.

몇 달 만에 얻은 단서였다.

비슷하면 어떤가. 지금까지는 비슷한 놈이 있다는 얘기 자체도 나온 적이 없었다. 그것만 해도 다행인 것이다.

그가 뱉듯이 말했다.

"알아봐. 그 미친개라는 놈에 대해서. 하나도 빼놓지 말고."

"알겠습니다, 형님."

사내는 허리를 깊숙이 숙이며 대답했다.

이상윤의 눈빛이 스산해졌다.

제3장

"누나."

외출 준비를 하던 시은이 고개를 돌려 이혁을 보았다.

"왜?"

두 다리를 길게 뻗고 소파에 앉아 있던 이혁이 지나가는 어투로 말했다.

"요새 매일 나가는 것 같이 보여서."

시은은 가지런한 흰 이를 살짝 드러내며 미소를 지었다.

"놀아주지 않아서 섭섭해?"

이혁은 과장되게 흠칫하는 시늉을 하며 상체를 의자 뒤에 기댔다.

"무슨 그런 끔찍한 말씀을!"

굽이 낮은 구두를 신고 허리를 편 시은이 이혁에게 물었다.

"그럼 왜?"

이혁은 뺨을 긁으며 대답했다.

"너무 늦어서."

최근 시은은 외출하면 기본적으로 밤 10시가 넘어야 하숙집으로 돌아왔다. 그런 날이 하루걸러 하루였다.

시은이 곱게 눈을 흘겼다.

"사돈 남 말 한다."

"난 요새 집 밖으로 나가지도 않아."

"전시관 일 터지고 난 후야 그렇지. 그전에 어땠는지 상기시켜 줘?"

이혁은 인상을 썼다.

"말꼬리 잡지 마. 누가 누나를 들고튈까 걱정된다니까. 늦게 다니지 말라고."

"호호호호호. 눈이 삐었다고 생각하고 있었는데 너도 내가 예쁜 건 아는구나!"

말을 하며 시은은 허리에 두 손을 얹고 턱을 살짝 들었다.

이혁은 어깨를 축 늘어뜨렸다.

플레어 라인이 하늘하늘해서 속이 비칠 듯한 블루 계열의 롱오버롤 스커트를 입은 시은의 모습은 모델 잡지 속에서 막 뛰어나오기라도 한 것처럼 아름다웠다. 눈처럼 흰 피부와 엷은 푸른빛 스커트의 조화는 이혁이 보기에도 기가 막힐 정도였다.

예쁘다는 그녀의 자화자찬을 도저히 반박할 수가 없었다.

"예쁜 거 인정. 아무튼, 늦지 마."

시은이 이혁에게 윙크했다.

"알았어. 늦지 않을게."

가볍게 손을 흔든 시은이 치맛자락을 날리며 밖으로 나갔다.

혼자가 된 이혁은 소파에 반쯤 누운 채 팔베개를 했다.

자신을 삭월비검향의 전승자라고 말한 노인과 대화를 나눈 지도 열흘이 지났다. 시내는 조용했다. 더는 사건이 벌어지지 않았다. 그리고 사람들도 빠르게 자신들의 자리를 찾아가고 있었다.

거리는 아직 예전 수준을 회복하지는 못했지만 사건 당일의 공포는 처음보다 많이 희석되었다.

하숙집도 평온을 되찾았다.

채현과 미지가 돌아온 건 아니었지만 지윤과 지수는 학원을 다시 나갔고, 도서관도 다녔다. 일상으로 돌아온 것이다.

그러나 이혁과 시은에게 다른 사람과 같은 평온한 일상

으로의 복귀는 요원한 일이었다.

이혁은 방구석 폐인이 되었다.

시은이 외출금지령을 내렸기 때문이다. 설령 그렇지 않았다 해도 그는 밖으로 나가지 않았을 테지만.

반면 시은은 외출이 잦아졌다.

그녀가 말을 한 건 아니지만 이혁은 그녀의 외출이 자신 때문이라는 것을 짐작하고 있었다.

그가 벌인 일은 가히 핵폭탄 급이라 말해도 과언이 아닐 만큼 여파가 컸다.

이제는 인터넷에서 찾아볼 수 없는 상황이 되긴 했어도 며칠 동안 동영상은 세계적으로 퍼져 나갔다.

살인자들과 자신에게 관심을 가질 세력이나 국가가 한둘이 아닐 터였다. 시은은 이혁 때문에 그동안 잠시 손을 놓은 듯했던 본업무를 챙기기 시작한 것이다.

'누나는 아저씨와 함께 일을 하고 있는 거겠지…….'

그가 아저씨라고 부를 만한 사람은 세상에 장석주밖에 없다.

열흘쯤 전 시은은 외출을 다녀온 후 그에게 장석주가 대전에 와 있다는 말을 했다. 하지만 그 이상의 말은 없었다. 단지 장석주가 그에게 조심하라는 말을 전해달라고 했다는 말을 덧붙였을 뿐이었다.

'아직은 정보가 부족한 때문이겠지.'

궁금한 게 적지 않았지만, 그는 시은에게 묻지도 재촉을 하지도 않았다.

원래 그는 질문이 많은 타입도 아니었다.

그가 시은의 조직 내에 속한 분야는 집행파트였다. 이 파트는 질문이 많을 수 없었다. 지시가 떨어지면 그것을 수행하는 현장파트였으니까.

필요한 정보는 시은이 모을 터였다. 그리고 준비가 되면 그녀는 그가 해야 하는 일을 알려줄 터였다.

그때까지 기다리면 되는 것이다.

'누나에게 이야기를 해야 하나… 한다면 어디까지 해야 하나… 스승님은 사신류에 대해서는 아무리 가까운 사람에게라도 절대 이야기를 해서는 안 된다고 하셨는데… 하지만 비검향의 그 어르신이 말씀하신 것처럼 제천회라는 자들이 나를 찾는다면 누나와 동료들도 안전하지는 않게 될 가능성이 커……. 후우…….'

생각이 깊어질수록 번민이 늘어났다.

함구를 당부했던 스승의 얼굴은 그가 본 적이 없을 만큼 엄했다. 나이가 들면서 스승으로부터 배운 것이 얼마나 위험한 무예인지를 자각하게 된 후로 그 당부는 태산과도 같은 무게를 갖게 되었다.

어떻게 가볍게 생각할 수 있을까.

그렇지만 시은과 장석주가 그의 마음속에 차지하는 자리

도 결코 작지 않았다.

그들은 피 한 방울 섞이지 않았지만 이미 가족이나 다름 없는 사람들이었다.

그가 자신에 대한 이야기를 하지 않는다면 그들은 제천회를 알 수도 없고 대비할 수도 없게 된다.

그들이 위험에 빠질 수 있는 것이다.

그런 상황이 벌어진다면 그는 자신을 용서하지 못하리라.

다행이라면 정부가 전시관 사건과 유성회 간부 살인 사건에 강력하게 개입하면서 어떤 조직이든 대전에서 활동하기가 난감해졌다는 점이었다.

조금 과장을 보태면 골목마다 경찰이 배치되어 있거나 사복을 입은 요원이 배회하고 있는 게 현재의 대전 거리였다.

덕분에 시간적 여유는 있었다.

그는 하루에 한 번 이상 통화를 하는 이수하로부터 정부 움직임에 대해 개략적인 소식을 듣고 있었다.

그녀는 수사 진행 상황 같은 거야 당연히 말해주지 않았지만, 현재 대전에 검경과 국정원, 그리고 군 보안병력까지 투입되어 있다는 말은 해주었다. 절대로 딴짓(?)하지 말라는 걱정 어린 협박과 함께.

'암왕사신류(暗王死神流)… 어둠의 왕이자 죽음의

신……'

그의 입가에 쓴웃음이 떠올랐다.

그가 익힌 사문의 무예를 이처럼 정확하게 표현할 수 있는 단어도 드물 것이다.

이혁이 스승을 만난 건 초등학교 4학년 때였다.

특별한 인연이 있던 건 아니었다.

그는 어렸을 때부터 운동을 좋아해서 유치원에 들어가며 태권도를 시작했다. 그리고 초등학생이 된 후로는 새벽에 뒷산의 약수터에 올라가 혼자서 30분 정도 운동을 하고 학교에 갔다. 스승을 만난 건 그 약수터에서였다.

30분 동안 그가 운동하는 것을 흐뭇한 미소를 지으며 지켜보던 스승은 그에게 운동에 소질이 있다며 말을 걸어왔다.

그것이 계기가 되어 친해진 석 달가량 뒤 스승은 그에게 다른 무예를 배워볼 생각이 없느냐고 물어왔고, 배우는 것이 좋았던 이혁은 망설이지 않고 승낙했다.

당시 스승의 나이는 구십이 넘었다.

그가 스승으로부터 무예를 배운 기간은 불과 4년.

스승은 그에게 모든 것을 전해주었다. 그러나 사문의 무예를 완성시키기엔 터무니없이 부족한 시간이었다. 그가 너무 어리기도 했고.

'강해지는 것이 좋아서 수련을 하긴 했지만……'

그가 운동을 좋아한 건 형들과 함께 보았던 중국무협영화의 영향이 절대적이었다.

특히 이소룡이 주연했던 '맹룡과강'을 본 후 어린 마음에도 그는 이소룡과 같은 고수가 되는 것이 꿈이었다.

그 바람이 태권도를 배우고 스승으로부터 무예를 배우는 강력한 동기가 되었던 것이다.

'설마 내가 배운 게 암살자의 무예일 거라는 건 생각도 하지 못했었지, 스승님이 돌아가실 때 말씀을 해주시기 전까지는.'

돌아가신 스승의 인자하던 모습이 눈에 선했다.

영화나 소설을 보면 제자를 혹독하게 가르치는 스승이 흔했다. 그러나 그를 가르친 스승은 한 번도 그의 성취를 타박하거나 속칭 지옥훈련 같은 걸 시킨 적이 없었다.

그는 언제나 웃으며 이혁을 칭찬했다.

이혁이 미숙했을 때는 언젠가 나아질 거라 그를 격려했고, 어느 정도 성취가 보일 때부터는 너무 과하게 수련하면 몸이 상한다며 오히려 그의 수련을 방해할 정도였다.

스승은 이혁과 함께 있는 시간을 행복해했다.

그에게 이혁의 수련은 행복한 시간 중의 일부였다.

'그런 분이 암살자의 왕이라 불리는 무예의 전승자셨다

는 건 아무도 믿지 못할 거다.'

그는 양손으로 얼굴을 쓸어내렸다.

'비검향의 어르신이 아니었으면 스승님의 말씀을 기억해 내지 못했을 거야.'

스승은 살아 계실 때 그에게 세상일에 개입하지 말라는 말을 지나가는 식으로 몇 번 말한 적이 있었다. 하지만 그 기색은 크게 엄하지 않았다.

그래서 그는 그 말을 기억하지 못하고 있었다, 비검향의 노인이 얘기하기 전까지는.

그것을 떠올리고 난 후 그는 지난 열흘간 스승과 함께 보냈던 시간들을 세심하게 더듬었다. 그리고 스승이 지녔 던 특이했던 점들을 찾아낼 수 있었다.

스승은 기본적으로 정부라는 조직을 신뢰하지 않았다. 그리고 이 나라를 사랑했지만 다른 나라보다 특별하다고 생각하지도 않았다.

그처럼 높은 무예를 지니고도 욕심이 없었다. 세상에 대 한 관심도 없었다.

방관자처럼 보일 수도 있는 모습이지만 이혁은 이제 스 승을 조금은 이해할 수 있었다.

스승의 정신세계 속에서 국가나 민족을 구분하는 건 무 의미했다.

'어떤 삶을 사셨던 것일까……'

이혁은 스승과 함께했던 시절 그에 대해 많은 걸 물어보지 못한 것이 후회되었다. 스승은 당신의 과거에 대해 이혁에게 얘기해 준 적이 없었다. 이혁도 감히 스승에게 얘기해 달라고 하지도 못했고.

그는 자세를 바로 했다.

스승은 그에게 분명 당신의 사형, 그러니까 '사숙'이 있다고 말했었다.

'아마도 그 때문에 여유 있게 가르치신 거겠지······.'

비록 추측이었지만 이혁은 확신하고 있었다.

'그분을 만나봐야겠다. 돌아가셨다는 말씀은 없으셨으니까 어딘가에 살아 계실 거다. 제자를 키우셨을지도 모르고. 제천회라는 자들이 나를 주목하고 있다면 그분께도 위험이 닥칠 수 있어. 참 여러 가지로 문제가 생기는군.'

비검향의 노인과 그렇게 헤어진 것이 아쉬웠다.

그는 노인의 이름도 알지 못했다. 노인이 그를 찾아낸 것과 그날 얘기한 내용을 생각하면 노인은 은둔한 채 살아가는 사람이라고 보기 어려웠다.

'다시 만날 날이 오겠지. 그때는 더 많은 걸 알 수 있을 거다······.'

이 또한 확신에 가까운 추측이었다.

노인은 이혁을 주시하고 있을 게 틀림없었다.

제천회는 노인의 스승을 죽인 원수였다. 제천회가 노인

의 말처럼 움직인다면 그가 이혁에게 무관심할 수는 없는 일이었다.

그의 눈빛이 강해졌다.

'지금까지처럼 수련하면 안 되겠다. 목숨 걸고 해야겠어.'

이혁은 잠시 생각을 멈췄다. 그리고 눈을 감았다.

폭풍전야를 맞이한 듯한 기분이었다.

변산반도에서 박지훈을 만나며 받은 자극 때문에 스스로를 담금질하고 있긴 했지만, 지금은 그때와 각오가 또 달랐다.

그의 주변에서 언제 어떤 일이 생길지 예측하기 어려웠다. 그렇다면 지금은 쉬어야 했다.

언제나 몸을 최상의 상태로 유지해야 하는 것이다.

*   *   *

타케시는 진동하는 휴대폰의 수신 버튼을 눌렀다.

[타케시.]

노쇠했지만 강한 힘이 담긴 목소리가 그를 불렀다.

"예, 아버님."

[이번 사건 배후의 마루타에 대해 알고 있는 자가 있다는 건 너도 짐작하고 있을 것이다. 혈륜을 돌린 마루타의

통제권을 빼앗아가고, 쓰러진 그들을 소멸시킨 건 마루타에 대해 알지 못하는 자가 할 수 없는 일이다. 그자를 찾아라.]

"알겠습니다, 아버님."

타케시는 대답에 이어 물었다.

"마루타를 쓰러뜨린 자는 어떻게 할까요?"

[제천회가 움직이는 듯하다는 타니우치의 연락을 받았다.]

"제천회가 말입니까?"

타케시의 눈빛이 차갑게 번뜩였다.

타니우치 타케히로는 내각정보조사실의 최고위층 인물로 요시오의 직속상관이다. 그리고 요시오와 마찬가지로 오랫동안 후지와라 가문에 충성해 온 인물이다.

[그렇다.]

"제천회가 움직인다면 '그'가 조선의 사라진 무맥을 이은 전승자일 가능성이 크겠군요."

[맞다. 그렇지 않다면 제천회가 움직일 까닭이 없으니까. '그'는 제천회에 맡기고 너는 마루타를 탈취한 자를 추적하도록 해라.]

"알겠습니다, 아버님."

전화를 끊은 타케시는 아쉬움을 느끼며 입맛을 다셨다.

그는 태어났을 때부터 가문을 수호하는 전사로 키워졌

다. 훈련은 매 순간 자살을 떠올릴 정도로 지독했다. 그 훈련이 끝나고 투입된 임무의 현장에서 수백 회의 싸움과 전투를 겪으며 그는 한 번도 패하지 않았다.

불패의 사무라이.

그를 추종하는 자들이 붙여준 그의 별명이었다.

동영상에 찍힌 '그'를 본 순간 그는 무서울 정도의 투지와 승부욕을 느꼈다. 이십여 년 동안 반복되는 승리는 그를 지루하게 만들었다. 그 지루함이 동영상을 보면서 단번에 깨졌던 것이다. 동영상 속의 '그'는 그만큼 그를 강하게 자극했다.

타케시는 혀를 내밀어 입술을 아래위로 훑었다.

'그'를 생각하는 것만으로도 갈증 때문에 입술이 말라왔다.

'제천회가 '그'를 노린다…… 내게 기회가 있을지 모르겠군.'

그는 제천회가 아니라 '그'를 응원하고 싶은 유혹을 느꼈다. 그만큼 타케시는 정체불명의 '그'를 만나고 싶었다.

*   *   *

시은은 9시가 되기 전에 들어왔다. 그리고 세 시간이 지난 후 화가 잔뜩 난 얼굴이 되었다.

"나 보고는 밤늦게 다니지 말라며!"

검은 티에 블랙진을 갖춰 입은 이혁이 쓴웃음을 지었다.

"위험한 일은 하지 않을 거야, 누나. 염려하지 마."

"말은 언제나 번드르르 하지."

이혁은 새끼손가락을 내밀었다.

"약속할게."

시은은 나직하게 한숨을 내쉬었다.

"그게 네 맘대로 되지 않을 거야."

이혁의 눈에 어리둥절한 빛이 떠올랐다. 시은과 같이 보낸 날들이 얼만데 그녀의 말에 담긴 묘한 뉘앙스를 느끼지 못할까.

"무슨 소리야?"

"정부활동 때문에 숨죽이고 있긴 하지만 여러 나라의 스파이들이 우리나라에 들어와 있을 거라는 건 너도 알고 있지?"

그거야 기본이다.

이혁은 고개를 끄덕였다.

"응."

"그들이 너를 찾기 어렵게 작업을 해놓고 있어. 그래서 그쪽은 크게 걱정하지 않아도 돼. 그런데 다른 문제가 터졌어."

"뭔데?"

"너, 저번에 변산반도에 갔을 때 누구 하나 폐인 만든 일 있었지?"

이혁은 움찔했다.

변산반도의 별장 뒷산에서 있었던 김남호와의 싸움은 그만이 아는 비밀이었다. 시은에게 얘기한 적도 없었고.

"그걸 어떻게 알았어?"

"어떻게 알았는지가 중요한 게 아니야. 그런 일이 있었으면 얘기를 해줬어야지. 미지의 아버지라는 사람과 김남호의 집안이 손을 잡았어. 작정하고 너를 죽이고 싶어 하는 것 같아."

"쩝… 뒤끝 있는 사람들이구만."

이혁은 혀를 찼다.

철썩.

시은이 손바닥으로 이혁의 가슴을 세차게 후려쳤다. 강도가 장난이 아니다. 진짜 걱정하고 있는 것이다.

"쉽게 생각할 일이 아니야. 김남호가 미지 아버지의 경호원을 한 건 배움이 부족하거나 돈이 없어서가 아니야. 조사를 해보니까 그 집안이 미지의 아버지네 집안보다 더 돈도 많고 출세한 사람도 많더라."

이혁이 눈을 껌벅였다.

"그런 놈이 왜 경호원을 했지?"

말을 하던 그가 헛웃음을 흘렸다.

"훗, 설마 그놈… 미지한테 욕심이 있었던 거야?"

"그 이유가 아니라면 김남호가 미지 아버지의 경호원을 할 리 없겠지."

시은이 진지한 일굴로 말을 이었다.

"양쪽이 다 움직이고 있어. 미지 아버지는 해결사를 고용했고, 김남호의 집안에서도 누군가를 대전으로 보냈어. 단순히 네 팔다리 몇 개 부러뜨리는 정도로 끝낼 생각은 없는 것 같아. 미지 아버지가 고용한 건 칼잡이도 아니고 총잡이 같으니까."

그녀는 쓰다듬듯이 이혁의 가슴에 두 손바닥을 대며 말했다.

"어떤 자들을 보냈는지는 아직 확인이 안 됐어. 지금 대전 분위기 때문에 그들도 쉽게 움직이지는 않을 거라고 생각하지만, 방심하지 마. 게다가 종적을 찾기 힘들었던 이상윤도 모습을 드러냈다는 정보가 있어."

이혁의 눈썹이 꿈틀거렸다.

이상윤이라면 귀에 익은 이름이다.

그를 올려다보는 시은의 눈에 걱정스러운 기색이 가득했다.

그녀가 말했다.

"정말 조심해야 한다구."

이혁은 손을 들어 자신의 가슴에 닿은 시은의 손을 가만히 잡았다. 그리고 그녀의 눈을 보며 말했다.

"알았어, 누나. 조심할게."

"…다녀와."

이혁은 시은의 손등을 두어 번 두드려 주고 집을 나섰다.

골목길을 나서자 전면까지 시커멓게 썬팅이 되어 안이 전혀 보이지 않는 대형차가 그의 앞으로 미끄러지듯 다가왔다.

그의 앞에서 정차한 차량의 뒷창문이 열렸다.

편정호가 타라는 손짓을 했다.

옆에 앉는 이혁을 보며 그가 말했다.

"요새는 내가 진짜 첩보원이라도 된 거 같다, 흐흐흐."

"국정원 직원도 시험에 합격해야 된단다. 영어도 본다던데? 공부를 한 적은 있나?"

이혁의 툭 던지는 듯한 말에 편정호의 얼굴이 일그러졌다.

그가 투덜거렸다.

"어울리지 않게 너하고 농담으로 말을 시작한 내가 죽일 놈이다."

이혁은 화제를 돌렸다.

"거기 폐허로 만든 게 어떤 놈들인지 알아는 냈냐?"

"이놈저놈 다 꼭꼭 숨어서 쉬울 줄 알았는데 아니더라."

"못 알아냈구나."

대화 내용으로 보면 실망할 법도 한데 이혁의 말투에서는 그런 기색이 엿보이지 않았다. 기대를 크게 하지 않은 때문이었다.

이혁이 편정호로부터 마약을 제조하던 장소가 폐허가 되었다는 소식을 들은 것도 벌써 10여 일 전이었다.

그는 편정호에게 그 일과 관련된 것이라면 무엇이든 알아봐 달라는 부탁을 했다. 오늘 그 결과를 듣기 위해 편정호와 만난 것이다.

편정호가 떨떠름한 얼굴로 입을 열었다.

"왜놈, 뙤놈에 양키, 북쪽의 코 큰 놈들까지, 대전이 인종전시장이 되었어. 게다가 짭새들도 쫙 깔리고 국정원에 사복군인들도 온갖 곳을 들쑤시는 중이다. 유성회야 그 일 이후 지리멸렬한 상태라 움직이지도 못하지만, 우리 애들도 납작 엎드려 꼼짝도 못해. 걸리면 훅 갈 분위기라서 말이지."

"변명은 됐고."

"변명 아니다."

"결론은 못 알아냈다는 거 아냐?"

"결론은 그런데, 아예 성과가 없었던 것도 아니다."

이혁의 눈가에 미소가 번졌다.

"말해봐."

"지금은 서울로 올라가 있는 왜놈 중에 타케시 라는 놈이 있어. 유성 쪽에 있는 인터시티 호텔에 머물던 놈인데 우리 애들 중에 한 명이 그 자식이 마약공장 폐허 되던 날 그 근처에서 얼쩡거리는 걸 봤단다. 패거리 몇 명 데리고 말이야."

이혁의 눈이 번뜩였다.

"타케시?"

편정호는 고개를 끄덕였다.

"호텔 카운터에서 일하는 여자애가 동생 놈 애인이다. 덕분에 이름 알아내기는 쉬웠다."

"영 맹탕은 아니군."

편정호는 이혁을 향해 눈을 부라리며 말을 받았다.

"넌 날 너무 띄엄띄엄 보는 경향이 있어. 너무 위험해서 동생들을 철수시키긴 했지만, 대전은 내 나와바리야. 그 정도 알아내는 건 누워서 떡 먹기라고."

이혁은 싱긋 웃으며 말했다.

"누워서 떡 먹으면 목 막혀서 질식사한다."

편정호는 그냥 웃고 말았다.

이혁이 농담처럼 말을 받고 있지만, 자신이 알아낸 것에 만족한다는 것을 느끼고 있었기 때문이다.

이혁이 물었다.

"그 타케시라는 놈, 지금 어디에 있는지 알고 있나?"

"백퍼라고 장담은 못하겠는데, 대전에는 없는 거 같다. 마약공장이 폐허가 되던 날 호텔에서 체크아웃했어. 그 이후는 보이지 않아."

"그놈이 내전에 오는 거 체크해 줄 수 있겠나?"

편정호는 잠시 생각해 보는 듯하더니 입을 열었다.

"해보지."

이혁은 잠시 창밖으로 시선을 돌렸다.

편정호 같은 남자가 저렇게 말했으면 된 것이다.

더 이상 말을 덧붙이는 건 구차스러운 짓이다.

길게 늘어선 가로등의 불빛 너머로 드문드문 불이 켜진 집과 건물들이 보였다.

도로엔 차가 드물었다. 낮에는 많이 나아졌지만, 밤 11시가 넘으면 대전 시내는 아직도 영화 속 세기말의 도시처럼 인적이 끊어졌다. 사람들의 마음속에 두려움이 완전히 사라지지 않은 때문이었다.

편정호가 불쑥 물었다.

"그런데 나를 왜 부른 거냐? 이런 얘기는 전화로 해도 되었을 거 같은데?"

이혁이 짧게 대답했다.

"네 차 좀 얻어 타고 싶어서."

편정호는 어리둥절한 기색으로 눈을 껌벅였다.

"뭔 소리여? 지금 내 차를 택시로 쓰고 있는 거라고 말하는 거냐?"

이혁은 고개를 끄덕였다.

"요새 자정 넘어서 택시 잡기 얼마나 어려운지 너도 잘 알지 않나?"

편정호는 뒷목을 부여잡으며 한탄했다.

"살다 보니… 내 차를 택시로 쓰는 놈을 다 보게 되는구나……."

"그래서 인생은 오래 살아야 된다고 옛 어르신들이 말씀하셨던 거다."

"잘났다, 미친개."

"칭찬 고맙다, 망치."

이혁은 싱긋 웃었다. 편정호는 얼굴을 일그러뜨렸고.

하숙집에서는 하도 말빨 센 여자들이 많아서 이리 치이고 저리 치이는 신세지만 상대가 편정호라면 그도 말싸움 승률이 50퍼센트는 넘는 것이다.

인상을 잔뜩 쓰며 부글거리는 속을 다스리던 편정호가 말했다.

"그런데 어디 가는 거냐?"

"한남대학교."

"한남대? 이 시간에 대학을?"

"만날 사람이 있어서."

"누군데?"

"알면 다쳐."

편정호의 얼굴이 다시 일그러졌다.

그의 입술 사이로 웅얼거리는 듯한 작은 음성이 새어 나왔다.

"아… 씨바……."

시답잖은 농담을 주고받는 사이 차는 한남대 정문에 도착했다.

이혁은 차에서 내렸다.

열린 창문으로 보이는 편정호의 눈을 보며 그가 툭 던지듯 말했다.

"호기심 때문에 패가망신한 사람이 한둘이 아니라는 거 알지? 꼬리 붙이지 마라."

편정호는 뜨끔한 표정이 되었다.

그는 이혁이 이 시간에 누굴 만나는지 궁금해서 몰래 사람을 붙일 생각이었다. 그 마음이 간파당한 것이다.

그는 이마에 주름을 팍팍 만들며 투덜거렸다.

"너, 독심술도 하나?"

"너한테는 독심술이 필요 없다."

이혁은 등을 돌렸다.

창문을 올리고 차를 출발시킨 편정호는 고개를 갸우뚱했다. 이혁이 마지막으로 한 말을 이해할 수 없었던 것이다.

그가 운전을 하고 있는 남자에게 물었다.

"천규야."

운전하던 남자가 백밀러로 편정호를 힐끗 보며 말을 받았다. 그는 황천규라는 이름의 사내로, 주먹 솜씨도 상당하지만 유일하게 대학을 3학년에 중퇴한 경력을 갖고 있어서 조직 내에서 인텔리라고 불리는 남자였다.

"예, 형님."

"저놈이 끝에 한 말 너도 들었지?"

"예, 형님."

"그게 무슨 뜻이냐?"

황천규는 어물거리기만 할 뿐 쉽게 대답하지 못했다.

편정호도 한 눈치 하는 남자다.

그가 낮아진 목소리로 말했다.

"좋은 뜻이 아닌 거로구나. 화내지 않을 테니까 말해라."

"예, 형님."

황천규는 대답을 하고서도 몇 초를 망설였다. 그러다가 백밀러로 보이는 편정호의 눈썹 끝이 위로 슬슬 올라가는 기미를 보이자 입을 열었다.

"아마도… 형님이… 독심술을 쓸 필요가 없을 정도로 단순한 사람이라는 뜻인 듯… 합……."

말을 하던 그는 속으로 헉 소리를 내며 급하게 입을 다물었다.

그의 귀로 이를 가는 소리가 들려왔기 때문이었다.

"으드득… 이 자식을……."

편정호가 말을 이었다.

"도찐개찐이면서 사돈 남 말하고 있구만!"

제4장

"어떻게 먼저 온 거야? 늦을 줄 알았는데."

이혁은 조금 놀란 기색으로 물었다. 그의 걸음이 빨라졌다.

도서관 계단 구석에 앉은 이수하가 지친 눈으로 올라오는 그를 내려다보고 있었다.

아무렇게나 풀어헤친 머리, 거뭇한 눈두덩, 푸석푸석한 피부.

평소 샤프하고 활달해 보이던 팔꿈치까지 걷어 올린 푸른색 셔츠와 통 넓은 바지 차림조차 오늘 따라 허름해 보일 정도로 그녀의 몰골은 좋지 않았다.

이혁은 이수하의 오른편 계단에 엉덩이를 붙이고 앉았다.

이수하가 힘없이 웃으며 입을 열었다.

"보고 싶어서."

이혁은 입술이 떨어지지 않았다. 그는 말없이 팔을 들어 이수하의 어깨를 감싸 안았다.

이수하는 머리를 이혁의 가슴에 기대며 두 팔로 그의 허리를 끌어 안았다.

이혁은 속에서 불이 나는 듯한 기분을 느꼈다.

허리를 감은 이수하의 팔은 힘이 없었다. 그녀는 정말 많이 지쳐 있었다.

문제는 그가 이럴 때 어떻게 해야 하는지 아는 게 없는 남자라는 것이었다. 그는 그저 이수하의 어깨를 감은 팔에 힘을 줄 수밖에 없었다.

이수하는 가만히 이혁의 가슴에 안긴 채로 있었다. 그의 심장이 뛰는 소리를 듣고 있는 듯한 모습이었다. 그리고 실제로 그녀는 이혁의 심장 고동 소리를 들으며 이상할 정도로 마음이 편안해지는 것을 느끼고 있었다.

전시관 사건이 발생하고 난 후 그들은 오늘이 되어서야 만났다.

그동안 그녀는 도저히 시간을 낼 수 없을 만큼 정말 바빴다. 그녀의 사정을 대충이나마 짐작할 수 있었기에 이혁도 그녀와의 만남을 강하게 요구하지 않았다. 그녀에게 부담이 되고 싶지 않았기 때문이다.

이수하의 입술이 달싹였다.

"나, 보기 흉하지?"

이혁은 강하게 고개를 저었다.

"예뻐. 너처럼 예쁜 여자는 한 번도 본 적이 없어."

"입술에 침이나 바르시지?"

이혁은 입술에 침을 바르지 않았다. 솔직한 심정이었기 때문이다.

깊은 정감이 어린 눈으로 이혁을 보던 이수하가 갑자기 정색을 하며 물었다.

"너였지?"

이혁은 어리둥절해졌다.

뜬금없는 질문이었다.

"무슨 말이야? 나라니?"

"무역전시관 동영상 속의 얼굴에 천 뒤집어쓴 남자. 그 사람 너지?"

"뭐?"

이혁은 당황해서 반문했다.

사건이 발생하고 나서 처음 며칠은 이수하가 이런 질문을 할까 봐 살짝 긴장도 했었다. 하지만 열흘 넘게 한 번도 그녀가 전시관 동영상의 남자에 대해 언급을 하지 않아서 잊고 있었다. 방심한 상태에서 허를 찔린 모양새였다.

이수하가 이혁의 허리에 두른 팔을 풀며 가슴에서 빠져

나갔다.

그녀는 이혁의 눈을 똑바로 바라보며 입을 열었다.

"아무리 봐도 그 동영상 속의 남자와 네가 너무 닮았어. 싸움 솜씨도 그렇고. 너 맞지?"

그녀의 음성은 잔잔했다.

추궁하는 어투였다면 반감이라도 생겼을 텐데 너무 차분한 어조라 그런 마음은 생길 기미도 보이지 않았다.

이수하의 말이 이어졌다.

"그들은 수십 명을 살상한 잔인한 놈들이었어. 결과적으로 그들을 죽인 것이 되었지만 그건 정당방위가 성립할 수 있어. 그 사람이 아니었으면 전시관 안에서 몇 명이 죽었을지 알 수 없을 정도니까. 우리 법원이 정당방위의 범위를 굉장히 작게 잡긴 해도 이 사안에 대해서는 처벌을 하지 않을 거라고 장담할 수 있다고. 그러니까 솔직하게 얘기해 주지 않을래?"

이혁은 마음을 가다듬었다.

그는 솔직한 성격이었고, 거짓말을 잘하지 못했다. 하지만 이수하의 질문에 정직하게 대답해서는 안 된다는 걸 잘 알고 있었다.

이미 며칠 동안 고민하고 결론을 내린 상태였다.

이혁은 입을 열었다.

"나도 동영상을 봤어. 나하고 정말 많이 비슷하더군. 하지만 나는 그 사람이 아니야."

이수하의 눈이 그의 눈을 똑바로 부딪쳐 왔다.

"정말?"

"응."

이혁은 고개를 힘차게 아래위로 끄덕이며 대답했다.

이수하는 잠시 그 자세 그대로 이혁을 바라보았다.

이혁도 그녀의 시선을 피하지 않았다.

잠시 노려보듯 그를 보던 이수하는 시선을 내리며 그의 어깨에 머리를 기댔다.

"힘들다……."

이혁은 그녀의 어깨를 다시 휘감아 안았다.

솔직하게 말할 수 없는 현실이 마음 아팠다. 하지만 어쩔 수 없었다.

이수하는 강력계 형사였다.

형사는 범죄를 저지른 자를 검거하는 직업이다.

이혁은 드러나지 않게 이를 악물었다.

그는 예감하고 있었다.

피를 보는 일이 전시관의 사건으로 끝이 난 게 아니라는 걸.

그의 앞에 놓인 미래는 평범하지 않았다.

제천회를 비롯해서 그를 노리는 자가 적지 않은 게 현실이었다. 그들과의 충돌 속에서 얼마나 많은 피를 보게 될지 알 수 없는 것이다.

그의 미래는 이수하의 직업과 대척점에 있었다.

그는 마음이 답답해졌다.

자신도 모르게 이수하를 안은 팔에 힘이 들어갔다.

이수하는 부드럽게 뺨을 이혁의 어깨에 비볐다.

"미안해."

"뭐가?"

이수하는 한 손을 내밀어 이혁의 사타구니를 살짝 훑어 올렸다.

이혁의 뺨에 보일 듯 말 듯 홍조가 떠올랐다.

분위기와 어울리지 않게 그의 바지 중심은 찢어질까 걱 정될 정도로 부풀어 올라 있었다. 이수하는 그것을 보고 말한 것이다.

지닌 능력과 상관없이 그는 생물학적으로 명백한 십대였 다.

십대는 성적으로…….

피를 보는 걸 무서워하지 않는 그라 해도 지금 당면한 상황에서는 어색함을 어쩌지 못했다.

이수하가 그의 귀에 입술을 붙이며 들릴 듯 말 듯 작은 목소리로 말했다.

"시간도 없고 너무 피곤해서 널 달래주지 못할 것 같거 든."

이혁은 노인처럼 밤하늘로 시선을 돌리며 헛기침을 했다.

"큼… 큼… 나… 날… 뭘로 보는 거야! 난 피곤해 죽을 지경인 여자를 덮치기나 하는 짐승 따위가 아니라고!"

그는 말을 더듬었다.

이수하를 만나며 그는 여러 첫 경험을 하고 있었다. 말더듬도 그중 하나였다.

"쿡쿡쿡."

이수하는 이혁의 어깨에 얼굴을 묻고 작게 웃어대며 속삭이듯 말했다.

"혁이 부끄러워할 줄도 아네? 속마음을 들켜서 그런가?"

"자꾸 놀리면 이 자리에서 덮칠지도 몰라."

말을 하는 이혁은 자신의 목소리가 갈라진 것을 느꼈다. 말과 다르게 전신에 열이 오르며 입안이 마른 것이다.

"강도가 꽤 높은 협박인 걸."

이수하의 목소리는 나긋나긋했다. 그녀는 이혁의 겨드랑이를 파고들었다. 이혁의 강건한 팔이 그녀의 등을 덮었다.

몇 초도 지나지 않아 이혁은 이수하의 숨소리가 가늘고 고르게 변한 것을 느꼈다.

그는 시선을 내려 자신의 품에 파묻힌 이수하의 얼굴을 보았다. 그리고 손을 들어 그녀의 얼굴을 덮은 머리카락을 걷어냈다.

길고 짙은 속눈썹 아래 꼭 감긴 눈이 보였다.

그의 입가에 희미한 미소가 떠올랐다.

이수하는 그새 잠이 든 것이다.

잠든 그녀의 얼굴은 너무도 평온해 보였다.

"뭐가 좋다고 집에도 제대로 들어가지 못하는 직장을……."

이혁은 탄식처럼 중얼거렸다.

아직 이수하의 직장에 대해 많은 얘기를 나눈 적은 없었다. 하지만 그는 이수하가 경찰을 천직으로 여기고 정말로 자신의 직업을 사랑한다는 걸 느끼고 있었다. 그래도 안타까운 건 안타까운 거다.

자기 여자가 이렇게 고생하는 걸 좋아하는 남자가 몇이나 될까.

그는 부서질까 두렵기라도 한 듯 조심스럽기 이를 데 없는 손길로 이수하를 당겨 안았다.

따스한 눈길로 이수하를 바라보던 이혁의 얼굴에 조금씩 그늘이 졌다.

그는 이수하를 안은 채 정면으로 고개를 돌렸다.

눈빛이 어두워졌다.

'그녀는 나를… 내가 하는 일을… 과연 이해할 수 있을까… 이해해… 줄까…….'

그는 처음으로 다가올 미래가 두려워졌다.

그것이 이수하 때문임은 두말할 필요도 없었다.

죽음조차 두려워하지 않았던 그가 아닌가.

시간은 그런 그를 비웃듯 천천히 하지만 분명하게 흘러가고 있었다.

*　　　*　　　*

8월도 하순으로 접어들었다. 아침저녁으로 부는 바람이 선선해지면서 찌는 듯한 무더위도 조금씩 수그러들 기미를 보이고 있었다.

대전은 무역전시관 사건 이전의 활기를 거의 되찾았다. 거리를 메웠던 경찰과 검은 양복 차림의 남자들 모습도 찾아보기 힘들어졌다.

그와는 반대로 개학을 코앞에 둔 학생들은 활기를 잃어갔다. 개학해서 만날 친구들이 아무리 좋아도 피교육생은 언제나 피곤하니까.

사비고의 개학도 며칠 남지 남았다.

채현과 미지도 하숙집으로 돌아왔다.

다른 곳과 마찬가지로 하숙집 분위기도 예전과 다를 바 없어졌다. 하지만 두 사람은 그것이 단지 겉모습뿐임을 잘 알고 있었다.

난간에 두 팔을 괴고 그 위에 턱을 얹은 시은의 시선은 느릿하게 서편으로 넘어가고 있는 붉은 노을에 고정되어 있었다. 하지만 초점이 흐릿한 눈은 그녀가 다른 생각에 빠져 있음을 알 수 있게 했다.

이혁은 그녀의 옆에서 등을 난간에 기댄 채 팔짱을 끼고 있었다.

시은은 20여 분 전 귀가했다. 옷을 갈아입고 그를 불러 낸 후 지금까지 계속 저 자세를 유지하고 있었다.

상념이 많은 기색이라 이혁은 그녀를 방해하지 않았다.

"혁아."

시은이 그를 불렀다.

"말해, 누나."

"일이 생각처럼 풀리지 않고 있어."

"힘들구나."

"좀 그러네……."

시은의 목소리는 그녀답지 않게 무거웠다.

이혁의 마음도 무거워졌다. 그가 아는 시은은 어떤 사내보다도 대담했다. 어지간한 상황에서는 눈도 깜짝하지 않는 여자였다. 그런 그녀가 저런 말투를 쓴다는 건 가볍게 여길 일이 아닌 것이다.

시은은 난간에 턱을 괴며 굽혔던 허리를 폈다. 그리고 이혁처럼 몸을 돌려 난간에 등을 기댔다.

붉게 물들었던 태양의 모습은 보이지 않았다.

주변에 어둠이 내리고 있었다.

잠시 침묵하던 시은이 입을 열었다.

"대전이 활기를 되찾은 것처럼 보이지?"

"응."

실제 그렇게 느껴졌기 때문에 이혁은 별생각 없이 대답했다.

"그게 겉모습뿐이란 것도 알지?"

이혁은 씁쓸하게 웃으며 고개를 끄덕였다.

"응."

"정부는 무역전시관과 유성회 살인사건 조사를 진행할 핵심적인 파트만을 남기고 일반 직원들은 자기 업무로 복귀시켰어. 거의 20일 가까운 시간 동안 수천 명을 동원했는데도 별 성과가 없으니까 장기전에 들어간 거야."

이미 짐작하고 있던 거라 이혁은 잠자코 귀를 기울였다.

시은의 말이 이어졌다.

"정부가 투입한 핵심전력 중에 경계할 사람이 있긴 하지만 문제는 그들만이 아니야. 현재의 흐름은 둘이야. 국가조직과 민간조직이 경쟁적으로 전시관의 괴물들과 너를 찾고 있어."

"국가와 민간?"

"그래. 미국과 일본, 중국이 대전에 대단한 능력자들을 투입했다는 정보가 있어. 정보계통의 요원이 아닌 듯해. 그들의 정체를 파악하기 위해 전력을 기울였지만 어떤 자들을 투입했는지 알 수가 없었어. 각국의 보안수준이 이해가 가지 않을 정도로 철저해."

이혁의 얼굴이 굳었다.

시은이 이끄는 조직은 정부의 핵심요직에도 선이 닿아 있었다. 외국에도 도움을 주는 사람들이 많이 살고 있었고.

그런데도 시은이 정보를 얻어내는 데 실패했다는 건 각국이 대전에 투입한 전력은 그 나라의 최고 수뇌부밖에 알지 못하는 극비전력이라고 봐야 했다.

"내가 정말 걱정하고 있는 건 다른 나라가 보낸 전력이 아니야."

"그럼 민간?"

"응."

"어디기에?"

시은은 대답은 하지 않은 채 물끄러미 이혁을 바라보았다.

그녀가 입을 연 건 거의 1분이 지난 뒤였다.

"석주 오빠와 상의했어."

갑자기 화제가 바뀌었다.

이혁은 묵묵히 시은을 바라보았다.

"지금 우리를 둘러싼 상황은 유야무야해질 가능성이 전

혀 없어. 이 일에 관심을 가진 자들은 정말 사력을 다하고 있다고."

그녀는 한숨을 내쉬었다.

"후우… 난 네가 평범한 고등학교 생활을 보내기를 바랐어. 이런 시절이 다시 오기 어려울 것 같았거든. 그런데… 아무래도 내 바람은 너무 무리한 것이었나 봐……."

목소리에 담긴 울적함이 이혁의 가슴을 쳤다.

"다시 그런 상황에 닥쳐도 난 또 그렇게 움직일 거지만, 그 일로 누나를 힘들게 한 건 정말 미안하게 생각하고 있어."

시은은 희미한 미소를 떠올렸다.

"알아, 네 마음."

그녀가 말을 이었다.

"민간에서 괴물과 너를 추적하고 있는 자들은 우리와도 깊은 연관이 있어. 나는 네가 우리 일에 너무 깊이 발을 들여놓는 걸 원치 않았지만, 이제는 피할 수 없는 상황이 된 것 같아. 석주 오빠도 나와 같은 의견이고."

그녀의 눈에 강한 빛이 어렸다.

"혁아."

"말해."

"할아버지가 너를 만나고 싶어 하셔."

*　　　*　　　*

서울 외곽의 모텔.

"혈해와 진혼의 합작이라……."

적운기는 들릴 듯 말 듯 작은 목소리로 중얼거렸다.

시야에 들어오는 서울의 대낮 풍경은 북경만큼이나 좋지
않았다. 대낮에도 안개처럼 뿌연 것이 가득 차 절로 눈살
이 찌푸려지는 것이다.

적운기는 적무린에게 고개를 돌렸다.

"모용산이 한국에 들어왔다는 얘기를 듣고서 그럴지도
모른다는 생각은 하고 있었다만 모용산은 듣던 것보다 더
과감하고 현실적인 자로구나."

"무능하면 아들도 거침없이 쳐내는 모용광이 눈에 넣어
도 아프지 않을 것처럼 아끼는 손자입니다. 그만한 능력이
있기에 그런 아낌을 받는 거겠죠."

말을 받은 적무린의 목소리 근저에서 흐르는 차가운 살
기가 방 안의 공기를 얼어붙게 만들었다.

적운기는 미소를 지었다.

"내가 한국에 들어온 걸 알았을 때 혈해에서 어떤 반응
을 보였을지 눈에 선하다."

"기회라고 생각하며 환호하지 않았을까 싶습니다."

"그랬겠지."

적무린의 눈에 진한 살기가 늪처럼 고였다.

"그들에게만 기회가 아니라는 걸 알게 해주고 싶습니다, 형님."

적운기의 미소가 진해졌다.

"동감이다. 태양회에 연락을 하거라."

그의 미소에도 살기가 덧씌워졌다.

그가 말을 이었다.

"이 땅에 혈해와 진혼의 공동묘지를 만들어보자."

적무린은 환하게 웃었다.

"예, 형님."

*   *   *

시은이 운전하는 렌터카는 국도를 타고 강원도를 향했다.

아침식사를 마치고 대전을 떠난 지 벌써 두 시간째였다.

인제로 들어선 후부터 길이 좁아졌다. 도로의 양옆으로 높고 낮은 산들이 물결치듯 연이어졌다.

이곳 지리를 모르는 이혁으로서는 산의 이름도 자신이 어디쯤 지나고 있는지도 알 수 없었다. 상관없었다. 주변엔 관심이 없었으니까.

그는 힐끗 시은을 돌아보았다.

시은은 처음 운전대를 잡으며 안전벨트를 매라는 말을

한 뒤로 입을 열지 않고 있었다. 표정이 딱딱했고, 눈빛이 깊었다.

생각이 많은 얼굴이었다.

시은이 '할아버지' 가 자신을 보고 싶어 한다는 말을 했을 때 그는 무슨 말인지 이해하지 못했다. 시은에게 할아버지가 있다는 것도 처음 듣는 소리였던 것이다.

그런 그를 향해 시은은 짧게 한마디를 했다. 조직의 수장이 바로 그녀의 할아버지 '강수찬' 이라고.

그 한마디면 충분했다.

포장된 국도를 따라 달리던 시은은 오른쪽에 작은 비포장도로 길이 보이자 그쪽으로 핸들을 틀었다.

비포장이긴 했지만 길은 그리 험하지 않았다. 왼편으로 물이 흐르는 계곡을 끼고 있고 오른쪽은 울창한 숲을 볼 수 있어서 풍광도 수려한 편이었다.

10여 분을 그렇게 달렸을 즈음, 시은이 입을 열었다.

"내가 속한 조직의 이름은 '진혼(鎭魂:Repose of souls)이라고 해."

"진혼?"

이혁은 천천히 그 이름을 되뇌었다.

그는 몇 년 동안 시은과 함께 있었고, 그녀의 지시를 받아 임무를 수행해 왔다. 하지만 조직의 이름을 듣는 건 지금이 처음이었다.

그만큼 시은은 이혁이 조직에 깊숙이 발을 들여놓는 걸 원치 않았었다.

지금 그에게 조직의 이름을 알려주는 건 그녀의 마음이 완전히 변했다는 걸 알 수 있는 징표나 다름없었다.

"그래, 진혼."

시은이 고개를 끄덕이며 이혁의 말을 받았다.

"이름이 으스스한데?"

"그렇지?"

시은은 씁쓸한 미소를 지으며 맞장구쳤다.

"의미가 깊게 느껴져."

"맞아. 네가 생각하는 것보다 아마도 더 깊은 의미일 거야."

미소를 지으며 시은은 말을 이었다.

"진혼이 창설된 건 1955년경이야."

이혁의 눈이 조금 커졌다.

그가 예상했던 것보다 조직의 역사는 더 길었다.

"오래되었군."

"돌아가신 증조할아버님과 친구 분께서 합심해서 만드신 거니까 정말 오래되었지."

시은이 잠깐 이혁에게 시선을 주며 말을 이었다.

"증조할아버님은 88년도에 돌아가셨어. 적에게 암살당하셨지."

시은은 입술을 꼭 깨물었다.

그녀가 갖고 있는 증조부에 대한 기억은 흐릿했다. 아기 때 돌아가셨으니까. 하지만 그가 얼마나 그녀를 예뻐했는지는 잘 알고 있었다. 남아 있는 사진들이 그것을 충분히 보여주었다. 그래서 그녀는 증조부를 떠올릴 때마다 마음이 아팠다.

"그분이 비명에 돌아가신 후 진혼의 수장직위는 할아버지에게 이어졌어. 현재까지 그분이 수장직을 수행하고 계시고. 그렇지만 연세가 많아지시면서 일선에선 물러나신 상태야. 실제 진혼의 수장은 석주 오빠라고 보아도 무방해. 오빠가 거의 모든 업무를 처리하고 있으니까."

"그런데 그분이 왜 나를 보고 싶어 하시는 거지, 누나? 하실 말씀이 있으면 장 아저씨를 통해도 충분하잖아."

이혁의 의문은 자연스러웠다.

굳이 시은의 조부가 조직의 집행파트에 몸담고 있는, 그것도 정식 조직원이라고 하기에도 애매할 만큼 비중이 크지 않은 그를 직접 보려고 할 이유가 없었다.

시은은 고개를 저었다.

"그렇지가 않아."

정면을 바라보는 그녀의 눈빛이 깊게 가라앉고 있었다.

"너와 우리 집안은… 그렇게 가벼운 관계가 아니기 때문에… 할아버지께서 너를 보고 싶어 하시는 거야."

이혁의 눈이 커졌다.

"그게 무슨 소리야?"

"나머지는 할아버지께 들어. 그게 좋을 거야. 내가 조직에 대해 간략하게나마 이야기한 건 네가 마음의 준비를 하길 바라서야. 아마도… 네가 할아버지께 들을 얘기들은… 받아들이기가 쉽지 않을 거야. 그러니까… 마음 단단히 먹어."

시은은 입을 다물었다.

이혁은 궁금증 때문에 가슴이 터질 지경이 되었지만 차마 더 이상 묻지 못했다.

시은의 눈 때문이었다.

눈물이 흐를 듯 물기 젖은 눈이었다.

그가 무언가를 물으면 그 눈에서 눈물이 흐를지도 몰랐다.

덜컥.

이혁은 시트를 뒤로 젖히고 팔베개를 했다.

가슴이 답답했던 것이다.

기다리는 수밖에 없었다.

차는 20분 정도를 더 가서야 멈췄다.

그리 높지 않은 산 밑에 시골에서 흔히 볼 수 있는 야트막한 단층집 한 채가 서 있었다. 집을 둘러싼 전후좌우가 모두 작은 밭이었다. 밭에는 파와 고추를 비롯한 갖가지

채소가 잘 정돈된 모습으로 무성하게 자라고 있었다.

차에서 내린 시은이 집을 향해 뛰듯이 걸어가며 소리쳤다.

"할아버지!"

모시옷을 입고 커다란 밀짚모자를 쓴 채 밭고랑 사이에 쪼그리고 앉아 일을 하고 있던 사람이 허리를 폈다.

그는 손끝으로 밀짚모자를 살짝 위로 밀어 올렸다. 그리고 고개를 길게 빼서는 시은이 달려오고 있는 곳을 바라보았다.

노인은 170도 안 되는 작은 키에 햇볕에 검게 탄 피부는 주름이 자글자글했다. 그리고 밀짚모자 아래로 보이는 머리카락은 눈처럼 흰 백발이어서 언뜻 보아도 칠십은 넘은 듯했다.

그는 자리에서 일어나며 환하게 미소를 지었다.

"왔구나!"

달려온 시은이 노인의 품에 와락 안겼다.

키가 자신보다 큰 시은의 무게가 버거웠는지 노인의 상체가 뒤로 휘청했다.

"이놈아, 할아비 자빠지겠다."

강수찬은 주름이 너무 많아 까마귀도 울고 갈 것 같은 손으로 끌어안은 시은의 등을 토닥였다. 정감이 듬뿍 담긴 손길이었다.

그의 손이 시은을 살짝 밀어냈다. 그리고 그는 두 손으로 시은의 뺨을 부여잡으며 그녀의 얼굴을 천천히 훑어보았다.

"그새 더 예뻐졌구나, 허허허."

웃을 때 드러나는 치열은 군데군데 휑하니 비어 있었다.

강수찬은 어딜 보아도 영락없는 시골 노인이었다.

시은이 다시 강수찬을 와락 끌어안으며 말을 받았다.

"세월의 여신이 저를 사랑하거든요."

"허허허허."

강수찬은 호탕하게 너털웃음을 터트리고는 시은을 부드럽게 밀어냈다. 그의 시선이 천천히 걸어 막 시은의 등 뒤에서 걸음을 멈춘 이혁을 향했다.

강수찬과 이혁의 눈이 허공의 한 점에서 마주쳤다.

그때서야 이혁은 강수찬이 평범한 시골 노인이 아니라는 것을 분명하게 자각할 수 있었다.

볼품없는 외모와 햇볕에 그을린 검은 피부 밑에 누렇고 푸른 기운이 떠돌고 있어 지병이 있는 듯 보였지만 강수찬의 끝을 알 수 없는 동굴처럼 깊은 두 눈은 그 모든 것을 상쇄시키고도 남았다.

강수찬은 천 년의 풍상을 말없이 버텨온 거대한 바위와 같은 느낌을 주는 사람이었다.

이혁은 숨을 삼켰다.

강수찬의 눈에 담긴 힘은 그가 겪은 적이 없는 무게를

갖고 있었다.

그는 허리를 숙였다.

"이혁입니다, 할아버님."

"드디어… 너를 보게 되는구나……."

강수찬은 깊은 감회 어린 목소리를 말하며 이혁에게 다가오라는 손짓을 했다.

이혁이 앞으로 다가서자 강수찬은 그의 손을 잡았다.

이혁은 강수찬의 깊은 눈에 서서히 감정의 해일이 일어나는 것을 보았다.

그것은, 강수찬과 같은 사람에게서 볼 수 있을 것이라고 상상하기 어려운 격정이었다.

손을 만지던 강수찬의 손은 팔을 거슬러 이혁의 얼굴에 이르렀다.

"네가… 네가… 정기의 막내아들이로구나."

뺨에 노인의 손길을 느끼며 이혁은 숨이 멎는 듯한 기분을 느꼈다.

이정기는 얼굴도 가물가물한 선친의 이름이었다.

강수찬의 숨결이 빨라졌다. 하지만 그 시간은 길지 않았다. 그는 이혁에게서 손을 뗐다. 그리고 길게 숨을 내쉬었다.

"허허허허, 이 나이가 되어도 감정을 조절하기가 이리 쉽지 않으니… 먼 길 오느라 피곤하지 않느냐? 시은아, 뒷마당 냇가에 가서 수박 하나 꺼내오너라. 네가 출발한다고 했을 때 넣어놨으니 지금 먹으면 아주 시원할 게다."

"예, 할아버지."

세 사람은 밭이 훤하게 보이는 원두막에 앉아 있었다.

강수찬이 북쪽에 앉았고, 시은과 이혁은 맞은편에 무릎을 꿇고 앉았다.

시은이 보기 좋게 잘라 내놓은 수박은 강수찬의 말처럼 시원했다. 하지만 세 사람 중 수박에 손을 대는 사람은 아무도 없었다.

따스한 시선으로 이혁을 바라보던 강수찬의 입술이 열렸다.

"궁금한 것이 많겠구나."

"예, 어르신."

"묻거라."

"저를 보고자 하신 이유를 알고 싶습니다."

"허허허, 바로 본론으로 들어가고자 하는구나."

강수찬의 시선이 시은을 향했다.

"이 녀석 성격이 본래 이리 급하더냐?"

시은이 살짝 이혁을 째려보고는 대답했다.

"평소에는 너무 느려 터져서 걱정인데… 급하진 않아요, 할아버지. 그냥 자기 앞에 어떤 일이 놓이면 직진하는 스타일이죠."

"그래?"

강수찬은 다시 이혁에게 시선을 돌렸다 .

그가 말했다.

"너를 부른 건 '혈해'와 우리가 일시적으로 협조 관계를 맺은 후 '앙천'과 '태양회', 그리고 '타이요우'와의 싸움이 급박해질 조짐을 보이고 있기 때문이다."

이혁은 멍해졌다.

강수찬의 입에서 나온 말 중 그가 알아들은 건 하나밖에 없었다.

싸움이 급박해질 조짐을 보인다는 것.

강수찬은 듬성듬성 이가 빠진 치열을 드러내며 크게 웃었다.

"허허허허허."

한참을 웃던 그는 미소가 지워지지 않은 얼굴로 말했다.

"거 봐라. 알아듣지 못하지 않느냐. 네가 현재의 상황을 이해하기 위해서는 먼저 많은 걸 알아야 한다. 그러니 조급해하지 말고, 내 얘기부터 듣거라."

이혁은 순순히 수긍했다.

"그렇게 하겠습니다, 어르신."

강수찬은 차분한 눈빛으로 이혁을 보며 말을 시작했다.

제5장

"우리의 조직 '진혼'은 1955년에 창설되었지만 만들어
진 원인을 알기 위해서는 일제 강점기까지 거슬러 올라가
야 한다. 혁아, 너는 731부대를 아느냐?"

　강수찬의 질문을 받은 이혁의 미간이 좁아졌다.

　어디선가 들어본 이름이었지만 낯설었다.

　"모릅니다, 어르신."

　강수찬은 고개를 끄덕였다.

　이혁과 비슷한 연배에 있는 젊은 사람 중 731부대를 아
는 사람이 많지 않다는 걸 그도 알고 있었다.

　그에게는 비할 수 없이 가슴 아픈 일이지만 이것이 한국
의 현실이었다.

그는 천천히 입을 열었다.

"731부대는 일본제국주의 시절인 1932년도에 현재의 중국 흑룡강성 하얼빈에 설치된 부대를 말한다. 관동군 예하의 부대로 알려져 있지. 처음에는 '관동군 방역 급수부'라고 불리다가 1941년 '731부대'로 명칭을 바꾸었다. 731부대는 관동군이 장악한 중국 내의 방역과 정수 업무를 하면서 전염병을 예방하는 부대로 겉을 포장했지만 실제로는 생물학전과 세균전에 대비한 인체실험이 주업무였던 부대란다."

말을 하며 이혁을 보는 그의 눈엔 따듯한 빛이 가득 했다.

그의 말이 계속되었다.

"현재까지 조사된 자료에 의하면 공식적으로 그들이 행한 인체실험에 의해 죽어간 사람의 수는 대략 일만 명 정도라고 알려져 있다. 그러나 비공식적으로는 40만 명에 이르는 사람들이 그들에 의해 죽었다고 주장하는 학자도 있을 만큼 끔찍한 만행을 저지른 부대였지……."

이혁은 귀를 기울였다.

그는 강수찬의 목소리에 조금씩 한이 서리고 있다는 것을 느끼고 있었다.

"731부대를 만든 자는 '이시이 시로'라는 자였다. 그자는 당시 일왕이던 히로히토에게 가장 값싸고 강력한 전쟁

무기가 생화학무기라는 것을 설득했다. 히로히토는 그의 주장에 흥미를 느꼈고, 731부대를 만들도록 지시했다. 그래서 731부대는 표면적으로 관동군 소속이라고 알려져 있지만, 사실은 일왕 히로히토의 직속부대다."

말을 잇는 강수찬의 목소리는 섬뜩할 만큼 차가웠다.

"실험의 재료로 쓰일 사람을 공급받는 건 어렵지 않았다. 731부대 사령관인 이시이 시로는 주변에 살고 있던 중국인과 조선인들을 납치해 실험재료로 삼았다. 그는 남녀노소를 가리지 않았다. 임산부와 어린아이들도 실험재료로 쓰였을 정도였지. 사람의 탈을 썼을 뿐, 그자는 악마였다."

강수찬의 허리가 꼿꼿해지며 눈에 불같은 빛이 떠올랐다.

"마루타라는 말을 들어본 적이 있느냐?"

이혁은 고개를 끄덕였다.

그 단어는 비록 흔하게 쓰이지는 않지만 그래도 여러 경우에 사용되고 있어서 낯설 정도는 아니었다.

"들어본 적이 있습니다."

"일본말 마루타는 '통나무' 라는 뜻이다. 그건 731부대의 연구원들이 인체실험의 재료로 사용된 사람들을 부를 때 사용한 단어다. 그들은 사람을 마루타로 생각했다. 그렇지 않았다면 어떻게 눈을 뜨고 있는 사람의 팔다리를 톱으로 썰고, 줄로 성기의 뿌리를 묶어 떼어내고, 임산부의 배를 갈라 태아를 꺼낼 수 있었겠느냐."

이야기를 함께 듣고 있던 시은이 걱정스러운 기색으로 강수찬을 보며 말했다.

"할아버지, 조금 쉬었다 말씀하시는 게 어떨까요. 감정이 격해지셨어요."

강수찬은 숨을 길게 내쉬며 시은을 향해 빙그레 웃어 보였다.

"미안하구나. 하지만 나는 괜찮다."

그는 차분해진 목소리로 말을 이었다.

"731부대의 실험이 계속되면서 여러 가지 일이 벌어졌다. 공식적인 기록에 남아 있지는 않으나 중국과 우리나라에서 일본의 앞잡이 노릇을 하던 자들이 독립운동을 하거나 게릴라 활동을 하며 일본군을 괴롭히던 사람들을 잡아 731부대에 넘기는 일들이 생겨났다. 731부대는 그들을 마루타로 활용했고."

그의 입매가 가늘게 떨렸다.

"중국과 조선 양국 내에서 비슷한 일이 벌어졌지만, 더 악질적이었던 건 조선의 친일파였다. 중국 내에서 사람을 납치해 731부대에 넘겼던 자들은 성격이 조선 국내와 달리, 친일 부역자들과 청부업자들의 연합이었다. 중국의 청부업자들은 친일 부역을 한 중국인들의 청부를 받고 그들이 원하는 자를 납치해 731부대에 넘겼다. 주된 대상은 그들의 정적이었지만 납치의 범위가 너무 넓어 사실상 무작위에 가까웠다고 할 수 있다."

눈빛이 얼음처럼 차가웠다.

이혁은 강수찬이 얼마나 분노하고 있는지 한눈에 알 수 있었다.

"하지만 우리나라에서는 친일 부역자들이 독립운동을 하던 지사들과 자신들의 정적, 그리고 자신들의 친일 행적을 비난하는 자들을 직접 일본군과 협력해서 납치한 후 731부대에 넘겼지. 만주와 조선 국내에서 그런 일들이 비일비재하게 벌어졌다. 항상 실험재료로 쓸 사람을 찾고 있던 731부대에서는 그걸 거절할 이유가 없었다."

이혁은 숨을 죽였다.

생각해 본 적도 없는 과거사였다.

그는 조금씩 긴장되는 것을 느끼며 얼굴이 굳어졌다.

강수찬이 말하고 있는 내용은 정말 끔찍한 것이었다. 그리고 이야기가 그와 아무런 관련이 없다면 이처럼 상세하게 풀어서 이야기할 이유가 없었다.

강수찬의 강렬하게 빛나는 두 눈이 이혁을 향했다.

"그렇게 친일파에 의해 731부대에 넘겨진 사람들 중에 우리 집안의 어른들이 계셨다. 그리고 너희 집안과 석주 집안의 어른들도……."

이혁의 눈이 커지며 안색이 돌처럼 딱딱해졌다.

강수찬이 말을 이었다.

"우리 집안은 충청도 제천에 뿌리를 박은 만석꾼 집안이었고, 너희와 석주네 집안은 대대로 정승판서를 배출한 유서 깊은 사대부 명문가였다. 세 집안의 어른들은 일제 강점기가 시작되면서 독립운동에 집안의 전력을 쏟아부으셨다. 우리 집안은 만주에서 독립운동을 하던 분들에게 자금을 댔고, 너와 석주의 집안은 자손들이 만주로 직접 건너가 독립군에 투신했지."

강수찬은 이를 악물었다.

가슴의 기복이 커져 있었다.

"일본이 태평양전쟁을 일으키면서 731부대는 연구에 더욱 박차를 가했다. 미국이라는 강대국을 상대로 한 싸움이었다. 재래식 물량전으로는 미국을 상대하기 어렵다는 판단을 할 수밖에 없었겠지. 생화학 병기와 세균병기에 대한 요구는 증대했고, 그 중요성은 설명할 필요도 없어졌다. 그들이 연구에 박차를 가하게 되자 실험에 쓰일 재료로서의 사람에 대한 수요도 기하급수적으로 증가했다. 그들은 부대 주변의 사람들을 닥치는 대로 납치해 실험재료로 사용했다. 공포가 만주 전역을 뒤덮었지 그리고 그건 조선 내의 친일파들에게도 기회였다."

그는 길게 숨을 내쉬며 말을 이었다.

"그들은 자신들과 반대편에 서 있던 항일의식이 있는 인사들을 잡아 731부대에 넘기는 일에 집요하게 매달렸다. 아마도 미국과 확전이 되면서 일본의 불안한 미래를 예상한 때문이었을 것이다. 그들은 서너 살짜리 아이까지 포함된 가문 전체를 넘기는 짓도 서슴지 않았다. 그 가문의 젊은 여자들은 종군위안부로 넘겼고."

가슴을 저미는 깊고 날카로운 분노가 노인의 눈에 그득히 차오르고 있었다.

"일본군의 지원을 받는 그들에게 산발적인 저항을 한 사람들도 있었지만 그런 사람들은 현장에서 사살되었다. 그때 수많은 가문이 멸문이나 다름없는 지경에 처했지. 자손의 씨가 마르다시피 했으니까. 우리 집안과 너와 석주의 집안도 그 과정에서 폐허가 되다시피 했다."

허벅지 위에 올려놓은 이혁의 주먹등 위로 지렁이처럼 굵은 힘줄이 푸르게 돋아났다.

"세 가문의 어르신들은 운명을 예감하셨는지 친일파와 일본군이 보낸 자들이 도착하기 전에 장손 되는 분들을 간신히 대피시킬 수 있었다. 몇 년 후 광복이 되자 숨어 지내던 세 가문의 장손들은 고향으로 돌아왔다. 그분들은 일제로부터 해방된 조국에서 다시 뿌리를 내릴 수 있다고 믿었다. 하지만 그 믿음은 이승만이 대통령이 되면서 산산이 깨졌다."

그의 말투에서 안타까움과 고통이 묻어났다.

"미군정의 지원을 받으며 대통령이 된 이승만이 처음부터 정부 조직에 친일파를 중용했던 건 아니었다. 그건 법으로 금지되어 있었고, 국민감정에도 맞지 않았다. 정치적인 위험이 너무 컸지. 하지만 시간이 흐르며 반민특위가 친일파의 공작에 의해 무력화된 후 그는 정부 조직에 친일파를 중용하기 시작했다. 세 가문의 장손들은 이승만에 의해 중용된 인물들 중 자신들의 가문을 멸절시키기 위해 갖은 패악을 다 저질렀던 자들이 포함되어 있다는 것을 확인하고 큰 충격을 받았다."

강수찬의 입가에 처연한 미소가 떠올랐다.

"해방된 조국에서 가문의 원수인 자들이 일제 강점기보다 더한 영화를 누리는 것을 본 그분들은 복수를 맹세하셨다. 그자들에 의해 죽어간 분들의 원혼이 아직도 눈을 감지 못한 채 이승을 떠도는데… 어떻게 그분들이 일신의 안위를 위해 편히 사실 수 있었겠느냐."

거의 숨을 멈추고 귀를 기울이고 있던 이혁이 천천히 입을 열어 물었다.

"그분들이 '진혼' 을 만든 겁니까?"

강수찬은 고개를 끄덕였다.

"그렇다. 하지만 그분들이 진혼을 만든 진정한 계기는 따로 있다."

"무엇입니까?"

"처음 장손 되시는 분들은 가문의 원수들을 암살하는 것으로 복수를 마무리하려고 하셨다. 선대가 아무리 큰 잘못을 했다 해도 그들의 자손에게까지 복수를 하는 건 과하다고 생각하셨던 것이지."

"너무 착한 분들이셨군요."

이혁은 씁쓸하게 중얼거렸다.

강수찬의 얼굴에도 비슷한 표정이 떠올랐다.

그가 말했다.

"복수를 위해 원수들의 행적을 뒤쫓던 어른들은 생각지도 못했던 상황과 맞닥뜨렸다. 일제 강점기 때 일본에 부역했던 친일파들이 이승만의 치하에서 득세하며 자신들의 권력과 부를 유지하기 위해 혼맥을 비롯한 다양한 방법으로 강력한 커넥션을 맺으며 조직화되고 있는 것을 발견했던 것이다."

이혁의 굵은 눈썹이 꿈틀거렸다.

"그들이 세력을 만들었단 말씀이십니까?"

"맞다. 그렇게 만들어진 친일반역자들의 조직이 '태양회'다."

"태양회⋯⋯."

이혁의 혼잣말을 들으며 강수찬은 말을 이었다.

"당시 이승만이 중용했던 자들의 태반이 친일파였다. 태

양회는 이승만의 독재 시절 정부 고위직은 물론이고 정계와
군, 그리고 재계에서 굳건하게 뿌리를 내렸다. 그들은 친일
에 대한 반대여론을 희석시키기 위해 노력하면서 우리나라
의 기득권을 장악해 나갔고, 반대되는 세력은 공산주의자라
는 낙인을 찍거나 암살하는 방법으로 제거해 나갔다. 어른
들은 백범 선생이 암살당한 배후에도 그들의 그림자가 있다
고 확신하셨을 정도로 태양회의 힘과 규모는 거대했다."

"가문의 어르신들은……?"

"어른들께서 태양회의 존재를 알아차렸을 때는 이미 그
조직은 과도기를 넘어 안정화 단계에 들어선 시점이었다."

강수찬의 눈빛이 깊어졌다.

"그분들은 당신들의 힘만으로 태양회를 어떻게 할 수 없
다는 것을 깨닫고 태양회에 소속된 자들에 의해 가문이 무
너진 항일인사들의 후손을 한 분 두 분 끌어모았다. 그리
고 그분들과 함께 '진혼'을 만드셨다. 그 후 진혼은 태양
회의 요인들을 한 명씩 암살해 나갔다. 그들과 전면전은
불가능했다. 그들은 이미 우리나라의 주류를 물밑에서 장
악한 거대 세력이 되어 있었으니까."

그의 눈이 이혁을 똑바로 마주 보았다.

"선대 분들이 진혼을 만들어 목숨을 걸고 태양회와 싸운
이유, 앞서 말한 진혼을 만든 진정한 계기는 단순히 예전
의 원한을 갚기 위해서만은 아니었다."

그의 목소리에 힘이 실렸다.

"태양회는 자신들의 영달을 위해 나라와 민족을 외세에 팔아먹었던 자들의 조직이다. 그들은 해방된 조국에서 재빨리 미국에 붙었다. 그런 자들이다. 그자들은 오직 자신의 영화밖에 관심이 없다. 그것을 위해서라면 나라와 민족이 어떻게 되어도 상관없다고 생각하는 자들이지."

그는 지그시 이를 물며 말을 이었다.

"선대 어른들께서는 그런 자들이 조직화되어 이 나라의 상층부를 장악하는 사태를 막고 싶으셨던 것이다. 어떤 일이 벌어질지 너무도 암담했으니까. 후우……."

깊은 탄식이 새어 있는 목소리였다.

"수뇌부가 죽어나가는 것을 자각한 태양회는 곧 우리의 존재를 알아차렸다. 그리고 우리를 없애기 위해 동원할 수 있는 모든 수단을 강구했다. 그래서… '진혼'의 역사는 피로 점철되어 있다. 장손 되시는 분들도 태양회와의 전투 속에서 돌아가셨고, 시은의 부모와 석주의 부모, 그리고 네 부모와 형들도 그들과의 싸움 속에서 유명을 달리 했다……."

이혁의 입술이 터지며 턱으로 한줄기 핏물이 흘렀다.

이야기를 들으며 예감했던 것이다.

속으로 마음의 준비도 했다.

그러나 강수찬의 말을 듣자 느낌은 완전히 달라졌다.

그의 눈에 핏발이 섰다.

그는 부모님과 형들이 어떻게 돌아가셨는지 알고 싶었다. 하지만 그는 초인적인 인내심으로 그것을 참았다.

강수찬의 말은 끝나지 않았다

그의 심정을 모를 리 없는 강수찬이었기에 말을 안 해줄 리 없다고 믿었던 것이다.

강수찬의 말이 이어졌다.

"중국에서도 우리와 비슷한, 하지만 반대되는 일이 벌어졌다. 네가 알지 모른다만 중국의 한족들은 우리와 달리 원한을 쉽게 잊지 않는 민족이다. 몇 대를 이어가며 기필코 복수할 정도로 원한에 대해서는 철저한 게 그들이지."

그의 이야기는 규모를 더해가고 있었다.

"태평양 전쟁이 끝나고 국공내전이 격화되던 시절 만주지방에서는 친일 부역자들에 의해 집안사람들이 731부대에 넘어간 피해자들의 가문들이 오랜 전통을 가지고 있던 '모용 가문'을 중심으로 하나의 조직을 만들었다. 그들은 친일 부역자들을 끈질기게 색출해서 철저하게 제거했다. 그 조직이 '혈해(血海:See of blood)'다."

강수찬은 오래전 처음 그 이름들을 들었을 때를 떠올리며 계속 말했다.

"반면 일제가 패망한 후 친일 부역자들은 모택동의 공산당 정부와 장개석의 국민당 정부 양쪽으로부터 공격을 받았다. 방식의 차이는 있었지만 두 정부 모두 친일 부역자

들을 철저하게 색출했다. 모택동은 등급을 나눠 낮은 등급
의 친일파들은 받아들이기도 했지만 장개석은 무자비하게
숙청했지."

우리나라와는 많이 다른 전개여서 이야기가 진행될수록
이혁은 허탈한 심정이 되었다.

"생존의 기로에 선 중국의 친일파들은 절박하게 자신들
의 과거를 세탁했다. 일제에 부역하며 축적한 재산이 그들
의 신분 세탁에 크게 기여했지. 두 정부의 공격으로 인해
많은 친일 부역자들이 죽었지만 살아남은 자들은 신분을
세탁하는데 성공했다. 1949년 1월 모택동이 중화인민공
화국의 수립을 선포하고 국공내전에서 패한 장개석이 국민
당 정부를 이끌고 대만으로 탈출할 때 신분을 세탁한 친일
부역자들과 그들의 청부를 받고 일했던 '흑월'이라는 조직
은 혈해의 살수를 피해 대만으로 넘어갔다."

강수찬은 혀로 마른 입술을 살짝 축인 후 다시 말을 이
었다.

"그들 중 일부는 당시 극심하게 부패했던 국민당정부의
그늘에 숨어들 수 있었지만 모택동보다도 친일파에게 더
잔혹했던 장개석이 두려웠던 대부분의 친일 부역자들은 동
남아 각지로 흩어지며 화교 속으로 숨어들었다."

중국과 우리나라의 상반된 역사가 그의 목소리에 씁쓸함
을 더했다.

"미군정의 이해관계, 그리고 북한과의 대치상태와 맞물려 친일파를 중용했던 이승만과 달리 모택동과 장개석은 일제에 부역했던 자들을 용납하지 않았기 때문에 그들은 중국 본토에서도 대만에서도 버틸 수가 없었다. 혈해의 살수는 친일 부역자들이 동남아 각지로 숨어든 뒤에도 추적을 중단하지 않았다. 죽음 외에는 그들의 살수를 피할 수 없다는 것을 깨달은 친일 부역자들은 생존을 위해 조직을 만들었지."

이혁과 마주친 강수찬의 눈에 강렬한 빛이 떠올랐다.

"일제에 부역하며 축적한 막대한 부를 기반으로 만들어진 그들의 조직은 중국의 암흑가, 세상 사람들이 삼합회라 부르는 조직 속에 깊이 뿌리를 내렸다. 그 조직의 이름이 '앙천(殃天:Sky of disaster)이다."

*　　　　*　　　　*

박대섭의 눈에 진득한 살기가 떠올랐다.

"강수찬… 장석주… 질긴 놈들……."

그는 거대한 의자에 앉아 손에 든 작은 사진을 보고 있었다.

누렇게 빛이 바랜 사진 속에는 50대의 키 작은 남자와 이십대의 활달한 청년이 어깨를 나란히 하고 활짝 웃는 모습이 들어 있었다.

박대섭은 사진에서 시선을 뗐다.

"문 실장."

"예, 회장님."

3미터가량 떨어진 곳에 서 있던 문지석이 지체 없이 대답했다.

"혈해와 진혼의 종적은 파악이 되었나?"

"아직입니다. 혈해의 인물들이 대전에서 활동하던 것까지는 추적할 수 있었지만 무역전시관 사건 직전부터 그들의 흔적이 지워졌습니다. 진혼이 적극적으로 개입하고 있는 것으로 추정됩니다."

박대섭은 쓴웃음을 지으며 고개를 끄덕였다.

"진혼이 돕고 있다면 쉽지는 않겠지. 숨는 것만 따진다면 국정원도 울고 갈 자들이 그들이니까. 찾는 데 얼마나 걸리겠나?"

"대략 십여 일 정도 걸리지 않을까 예상하고 있습니다. 예하 조직들이 전력을 다하고 있습니다. 이 나라는 좁고 저희가 동원할 수 있는 힘은 막강합니다. 예상보다 빨리 그들을 찾아낼 수도 있습니다, 회장님."

"적가의 젊은 친구가 작정을 한 것 같다. 흑월의 전통을 이은 적가의 전투력은 적들도 인정하는 것이라는 걸 알고 있겠지? 전과 달리 강수찬과 장석주를 우리의 큰 희생 없이 잡을 수 있는 절호의 기회야."

문지석은 말없이 귀를 기울였다.

박대섭이 말을 이었다.

"3년 전 우리가 이씨 형제를 제거하던 때를 기억하게. 그때 조직은 그들에게 막대한 피해를 입었네. 그리고 아직도 완벽하게 복구되지 않은 상태이고… 우리의 힘만으로 진혼을 박멸하는 건 쉽지 않은 게 현실이야. 앙천이 작정하고 손을 쓰려고 하는 지금이 진혼을 뿌리째 뽑을 수 있는 기회라네."

문지석은 박대섭의 의지를 읽을 수 있었다.

그도 마찬가지의 심정이었다.

"반드시 이번 기회에 진혼을 이 나라에서 지우겠습니다."

"기대하고 있겠네."

문지석은 말없이 박대섭을 향해 깊숙이 허리를 숙였다. 허리를 세우는 그의 눈가에 박대섭에 비해 못하지 않은 살기가 떠오르고 있었다.

＊　　＊　　＊

"진혼과 태양회의 싸움에 변화가 생긴 건 5년 전이었다."

이혁을 바라보는 강수찬의 눈에 슬픔이 어렸다.

"태양회가 조직의 힘을 이용해 무언가를 찾고 있다는 것을 처음 알아차린 건… 너의 둘째 형 훈이었다."

이혁은 이를 악물었다.

이름을 듣는 순간 그를 어깨동무하고 다정하게 웃는 훤칠한 미남청년의 모습이 떠올랐기 때문이었다.

그의 둘째 형 이훈의 모습이었다.

그리움이 심장을 두 쪽으로 가르고 지나가는 듯했다.

강수찬은 말을 이었다.

"훈이는 태양회의 움직임을 추적했다. 그리고 단서를 발견했다. 하지만 그 단서를 너의 큰형 환에게 전달하기 전에… 훈이는 태양회가 보낸 히트맨들에 의해 살해당했다."

이혁은 고개를 숙였다.

짓깨문 입술에서 흘러나온 피가 허벅지에 뚝뚝 떨어졌다.

그의 큰형 이름은 이환이었다.

금방이라도 눈물이 흐를 것 같은 물기 젖은 눈으로 그를 보고 있던 시은이 조심스럽게 이혁의 어깨를 감싸 안았다.

"형들이 말한 적이 없기에 아마도 너는 그들의 능력을 잘 알지 못할 것이다. 네 형들은 진혼의 50여 년이 넘는 역사 속에서도 비교할 사람을 찾기 힘들 만큼 뛰어난 전사들이었다. 훈이가 저돌적인 성격이라면 환이는 신중한 성격이었다. 훈이의 죽음을 안 환이는 훈이 얻은 단서가 무엇이었는지를 알기 위한 추적을 시작했다."

이혁은 이를 악물며 귀를 기울였다. 강수찬은 지난 수년 간 그가 절실하게 알고 싶어 했던 이야기를 하고 있었다.

강수찬의 말이 이어졌다.

"그 과정에서 조직 수뇌부 개인에 대한 암살에 치중했던 이전과 다르게 우리는 태양회와 전면전에 준하는 충돌을 거듭하게 되었다. 개인 대 개인의 전투력에서 더 뛰어났던 건 훈이었지만 조직을 운용한 전략전술에서 환이는 훈이와 비교할 수 없을 만큼 탁월한 지휘관이었다. 태양회는 환이에 의해 막대한 타격을 입었다."

이혁은 손등으로 입가의 피를 훔치며 고개를 들었다.

무섭게 들끓던 시선이 고요한 바다를 연상시킬 정도로 안정을 되찾고 있었다.

이혁과 눈이 마주친 강수찬은 가슴이 섬뜩해졌다.

긴 세월 온갖 부침을 겪은 그는 사람을 보는 눈이 남달랐다.

그는 이혁이 안정을 찾고 있는 게 아니라는 걸 직감했다. 분노와 살기가 극에 이르자 평정을 되찾은 듯 보일 뿐이라는 것을 알아차린 것이다.

그는 이혁의 변화를 못 본 척 말을 이었다.

"막대한 타격을 받은 태양회는 외부에 도움을 청했다."

이혁이 물었다.

"앙천에 말입니까?"

강수찬은 고개를 저었다.

"아니다. 그들이 도움을 청한 외부세력은 '타이요우(た いよう:太陽)' 다."

"타이요우……?"

처음 나온 이름이었다.

궁금해 하는 이혁의 눈을 보며 강수찬이 말했다.

"타이요우는……."

강수찬의 눈빛이 강렬해졌다.

"일제가 패망한 후 미국은 히로히토를 비롯한 일본의 각 료와 군 수뇌부를 전범재판에 회부했다. 하지만 731부대 에서 종사했던 자들은 재판에 회부되지 않았다. 사령관이 었던 이시이 시로조차… 8백 18회나 되었던 도쿄의 전범 재판에서 731부대는 언급조차 되지 않았다."

이혁의 눈이 커졌다.

"어떻게 그런 일이 있을 수 있습니까?"

"이시이 시로를 비롯한 731부대 종사자들은 자신들이 부대에서 연구했던 모든 자료를 미국에 넘기는 조건으로 사면을 받았기 때문이다. 미국이 그들의 연구 자료를 원했 던 것이지."

"아……."

이혁은 멍해졌다.

현재 세계의 경찰을 자임하는 미국이 독일의 아우슈비츠에 비견되는 반인륜범죄를 저지른 자들을 사면해 주었다는 것이 이해가 가지 않았던 것이다.

강수찬이 말했다.

"그 거래는 미국에게도 수치스러운 것이었기 때문에 수십 년 동안 기밀문서로 묶여 공개되지 않다가 얼마 전부터 공개되기 시작했지. 하지만 세월이 너무 많이 흘렀기에 그에 주목하는 사람은 많지 않다. 하지만……"

그는 지그시 이를 물며 말을 이었다.

"미국에 의해 사면을 받은 731부대 종사자들은 학계와 제약, 생화확전 연구 분야에서 커다란 성공을 거두며 부와 명예, 그리고 권력을 거머쥐었다. 사령관이었던 이시이 시로는 도쿄올림픽 위원회 위원장까지 지냈고, 2부대장이었던 기타노 마사치는 일본녹십자를 세웠다. 그리고 일본의 국립예방연구소는 1대부터 6대까지 연구소장들이 731부대에서 생체실험을 하던 자들이었다."

말을 잇는 그의 전신에서 허탈함이 흘러나왔다. 그럴 수밖에 없는 과거였다.

"731부대 출신자들의 전후 성공담은 일일이 열거할 수 없을 만큼 많다. 일제 패망 전 731부대를 물밑에서 지원했던 것이 당시 일본 최대의 기업집단 미쓰이재벌이라는 말이 있었을 정도였으니, 전후 731부대 종사자들에 대한 수요가 얼마나 컸을지는 예상이 될 것이다."

강수찬의 말대로였다.

세상 돌아가는 것에 큰 관심이 없는 이혁조차 그의 말을 쉽게 상상이 될 정도였으니까.

" '타이요우' 는 731부대 종사자들이 성공적으로 전후세계에 정착한 후 손을 잡고 만들어낸 조직이다. 그들 중 일부는 일본에서 다른 일부는 미국에서 성공했다. 우리나라의 친일 부역자들이 자신들의 조직을 태양회라 부르는 것도 그들 타이요우의 영향이다. 그들에게 예속되어 있다고 할 정도는 아니지만 태양회는 타이요우의 강력한 영향하에 만들어졌다고 해도 과언이 아닌 조직이지."

강수찬의 얘기를 들으며 이혁은 형들이 얼마나 강한 상대들과 싸우다 죽어갔는지 깨달았다. 그리고 그는 형들이 얼마나 강인한 남자들이었는지도 깨달았다.

그들은 사선을 걷는 생활 속에서도 웃음을 잃지 않았던, 진짜 남자들이었다. 그래서 더욱 그들이 그리웠고, 마음이 아팠다.

"타이요우의 지원을 받은 태양회는… 막대한 피해를 입었지만 결국 환이를 죽이는 데 성공했다. 훈이에 이어 환이까지 살해당한 건 진혼의 뿌리가 흔들릴 정도로 큰 충격이었다. 하지만 피해는 그것으로 그치지 않았다. 타이요우와 태양회의 공격은 집요했다. 환이가 죽을 때 우리 쪽 수뇌부 대부분이 사망했고, 나도 당시 입은 상처에서 아직도 회복되지 않았다. 그러나 네 형들의 죽음은 헛된 것이 아니었다. 그들이 죽음을 무릅쓰고 행한 조사와 전쟁으로 우리는 중대한 사실을 알게 되었다."

강수찬의 눈길이 시은을 향했다.

"시은아, 이건 너도 모르고 있는 것이니 귀담아듣거라."

시은의 얼굴에 긴장된 기색이 떠올랐다.

"예, 할아버지."

강수찬이 이혁에게 고개를 돌리며 입을 열었다.

"환이가 조사한 내용을 토대로 추정한 것이지만 731부대는 세균전과 생화학전 연구만을 행한 게 아닌 듯하다."

시은과 혁의 미간이 좁아졌다.

강수찬이 하는 얘기는 세상에 전혀 알려지지 않은 것이었다.

"그들은 생체실험을 통해 인간의 잠재적인 능력을 극대화시키는 연구도 병행했고, 일정한 성과도 거두지 않았나 생각된다. 최초 그들은 극대화된 신체능력을 가진 자들로 이루어진 군대를 만들어내는 것을 목적으로 삼았을 것이다."

그의 눈빛이 깊어졌다.

"연구를 주도했던 731부대장 이시이 시로는 그 연구에 '초인완성연구'라는 이름을 붙였다고 한다. 하지만 그 연구가 완성되기 전 나가사끼와 히로시마에 떨어진 원폭으로 인해 일본은 미국에 항복했다. 문제는 그때 생겼다. 일제가 패망하고 연구 자료를 미국에 넘기고 사면을 받고자 획책하는 중 부대 내에서 일종의 반역이라고 할 만한 일이 벌어진 것이다."

"반역이요?"

시은이 놀라 물었다.

강수찬은 고개를 끄덕였다.

"일제가 패망하고 미군이 일본에 진주하면서 731부대의 연구 성과는 보고할 곳이 사라졌다. 누가 됐든 갖는 자가 임자인 상황이 되어버린 것이다. 그 연구 성과의 일부만 가지고도 전후에 제약업계 쪽에서 무섭게 성공한 자들이 나올 정도로 가치가 적지 않았던 연구였다. 생각해 보거라. 적게는 일만에서 많게는 수십만에 달하는 사람들을 참혹하게 희생시키고 얻은 연구결과가 아니더냐."

"아……."

시은의 입에서 신음이 새어 나왔다.

"일제가 패망할 때 731부대에서 어떤 일이 벌어졌는지 정확한 정보는 없다. 하지만 내부에서 반란에 가까운 일이 벌어졌고, 여러 부류의 인물들이 초인연구기록의 일부를 갖고 도주한 것만은 분명한 듯하다. 그렇게 초인연구기록은 뿔뿔이 흩어졌다."

강수찬의 눈 깊은 곳에 복잡한 기색이 떠올랐다.

생각이 많은 눈빛이었다.

그가 말을 이었다.

"기록에 따르면 이시이 시로는 처음 미국이 연구 자료를 넘기라는 요구에 대해 이미 소각했기 때문에 갖고 있지 않다고 대답한다. 하지만 미국이 연구 자료를 넘기면 그를 전범재판에 회부하지 않겠다고 약속을 하자 그는 연구 자료를 넘겼다. 그러나 그가 과연 모든 연구 자료를 미국에 넘겼을지는 의문스럽다. 그리고 완전한 자료를 갖고 있었는지도 확신할 수 없는 일이고. 네 형들이 조사한 결과는 그 의문이 사실이라고 말했다."

강수찬은 잠시 입을 닫았다.

그의 피폐한 몸이 버티기 어려울 정도로 긴 이야기였다. 하지만 그는 이야기를 다음으로 미루지 않았다.

그에게 남은 날은 많지 않았다.

언제 다시 이런 기회가 올지 알 수 없었다. 아니, 영영 오지 않을 수도 있는 것이다.

이혁이 무거운 목소리로 물었다.

"형님들이 발견한 게 어떤 것이었습니까?"

"태양회의 움직임을 추적하던 훈이가 죽기 전 발견한 단서는 경북 해안가에 있는 연구소에 있었다. 그곳에서는 세간에 알려지지 않은 인체실험을 진행하고 있었다. 세계적으로 금지된 연구였지만 그들은 거리낌이 없었다."

강수찬의 이마에 자리 잡은 주름이 꿈틀거렸다.

분노한 기색을 숨기지 못하는 것이다.

"하나둘 사라지는 노숙자와 행방불명자들이 그 연구소로 잡혀가는 것을 알게 된 훈이는 그곳에 침입했고, 그 안에서 이루어지는 생체실험을 촬영하고 나오다가 꼬리를 잡혀 죽은 거다. 네 큰형 환은 훈이가 남긴 단서를 따라 연구소를 추적했고, 그 안에서 이루어지는 생체실험의 목적을 밝혀냈다."

이혁의 눈빛이 서늘해졌다.

"그 연구소가 진행하는 연구는 인체 능력을 극대화해 궁극적으로는 영생에 가까운 생명을 얻는 것이었다. 일제가 패망할 때 731부대에서 초인 연구 자료의 일부를 갖고 도주했던 자들 중에 태양회와 손잡은 자가 있었던 것으로 추정된다. 하지만 훈이가 연구소를 발견했을 때 그들의 연구는 가시적인 성과를 얻지 못하고 있었던 상태였다."

강수찬의 목소리가 무거워졌다.

"연구의 위험성을 직감한 훈이는 연구소를 습격해 시설을 파괴하고 기록을 불태웠다. 태양회로서는 이를 갈 수밖에 없는 피해였지. 난 네 형들이 태양회와 싸우며 얻은 자료를 토대로 추정을 해보았다. 왜 이런 일이 벌어지고 있는 건지, 그리고 그들이 궁극적으로 원하는 것이 무엇인지에 대해서 말이다. 이시이 시로는 초인으로 구성된 군대를 목표로 삼았다. 하지만 현재 그 연구 자료의 일부를 갖고 있는 자들의 목적은 처음과는 완전히 달라졌다는 것이 내 판단이다."

"어떻게 달라졌다는 말입니까?"

"그들은 자신들의 영생, 그리고 자신들의 부와 권력을 지킬 수 있는 힘으로서의 초인을 원하고 있는 게 아닐까 생각한다."

이혁은 머리가 어지러워짐을 느꼈다.

초인에 이어 이제는 영생이라니.

상식을 넘어도 아득히 넘은 영역이었다.

"후우……."

낮게 한숨을 내쉰 그가 말했다.

"목적이 완전히 개인화되었군요."

이혁의 말에 강수찬은 고개를 끄덕였다.

"자본이 창조주를 대체한 세상이다. 그들의 연구가 완성된다면 그 일부만으로도 그들이 얻은 부와 권력은 세상을 덮고도 남을 것이다. 그리고 그들이 자신들을 지킬 초인들의 부대를 소유한다면 그들은 영원한 제국을 세우겠지, 자신들 이외의 모든 사람이 노예인 제국을."

강수찬의 눈빛은 어두웠다.

"네 큰형을 암살한 자들은 '타이요우'의 특수부대 '타

이료오바타(大漁旗)'라고 한다. 그때까지 우리가 파악조차
하지 못하고 있었을 만큼 비밀스럽게 육성된 자들이다."

그는 잠시 말을 멈췄다.

그들과 싸웠던 당시의 기억이 그를 괴롭히고 있는 듯했
다.

잠시 후 그는 다시 입술을 뗐다.

"그들 개개인의 능력은 진정 공포스러웠다. 그들이 우리
를 급습했을 때 전통무예와 살인기예의 달인이던 네 형 환
이 제대로 저항도 하지 못하고 죽었을 정도이니. 그들의
몸에는 칼이 박히지 않았다. 주먹으로는 타격을 주는 게
불가능했고. 총알은 통했지만 그것으로도 죽일 수는 없었
다. 단지 충격을 줄 수 있었을 뿐."

아무리 수련을 해도 사람이 총을 맞고 죽지 않는 건 불
가능하다.

지금까지 이어진 강수찬의 말을 토대로 생각하면 결론은
쉽게 났다.

이혁이 중얼거렸다.

"타이요우도 연구결과의 일부를 얻었군요."

"그렇지 않다면 '타이료오바타' 부대원들의 능력은 설
명이 되지 않는다."

강수찬의 긴 이야기는 끝이 났다.

제6장

백금발의 청년은 손에 든 찻잔을 입에 댔다. 진한 로얄 블렌드의 향기가 코를 간질였다. 그는 손목을 기울였다.

　적당한 온기가 담긴 따스한 홍찻물이 입안에 고였다가 부드럽게 목을 넘어갔다.

　찻잔을 탁자 위에 놓으며 그가 담담한 목소리로 입을 열었다.

　"슈이치, 리키, 적인걸… 그 외에도 몇 명이 더 있었던 것 같은데 세월 탓인지 기억이 잘 나질 않는구나."

　빈 잔에 차를 채우고 있던 사토가 고개를 숙였다.

　"주인님께서 기억해 두실 가치가 없는 자들입니다."

　"후후, 참 욕심이 많은 자들이었지. 속마음을 숨기는 데도 능숙했고. 누구를 탓하랴. 당시 내가 미숙했던 탓인 것을. 그렇지 않느냐, 사토?"

사토는 고개를 들며 눈을 부릅떴다.

"낭치도 않으신 말씀이십니다. 주인님은 미숙하던 시절이 없으셨습니다."

강건한 그의 대답이 재미있는 듯 청년은 유쾌하게 웃었다.

"하하하하."

사토를 보는 그의 시선이 온화해졌다.

"내 평생 가장 잘한 일 중의 하나가 너를 내 옆에 둔 것이다, 사토."

사토의 눈가가 가늘게 떨렸다. 그는 감격을 감추지 않으며 허리를 깊숙이 숙였다.

"저는 주인님의 수족에 불과한 자입니다. 주인님의 기대에 부응하지 못할까 두렵습니다."

청년은 고개를 저었다.

"지금까지 너는 내 기대 이상으로 잘해주었다. 앞으로도 그럴 것이고. 나는 그렇게 믿는다."

사토는 말없이 허리를 숙인 채 청년의 말을 들었다.

청년은 사토가 진심으로 감동하고 있다는 것을 느낄 수 있었다.

그가 입을 열었다.

"메리.w.셸리가 쓴 프랑켄슈타인을 처음 읽었을 때 나는 번갯불에 전신을 관통당한 것과 같은 충격을 느꼈었다."

청년은 자리에서 일어났다.

중세의 쉬르코를 연상시키는 실크 재질의 긴 겉옷을 걸친 그의 모습은 신화 속에서 막 뛰쳐나온 남신처럼 우아하고 아름다웠다.

창가로 걸음을 옮기며 그는 말을 이었다.

"나는 빅터 프랑켄슈타인 박사와 같은 사람이 되고 싶었다. 세월이 흘러 청년이 되었어도 그 꿈은 바래지지가 않았다. 오히려 열망은 더욱 강해졌지. 그래서 의대에 들어갔다. 당시의 의학을 배워서는 프랑켄슈타인을 만들 수 없다는 걸 알았지만 난 결코 포기하지 않았다. 그리고 오랜 좌절과 절망의 터널 끝에서 빛을 보았지."

창가에 선 그가 사토를 흘깃 돌아보았다.

"사토, 너는 평생에 걸친 내 노력이 결코 헛되지 않았음을 보여주는 증거였다. 너를 볼 때마다 나는 널 만들어내기 위해 기꺼이 자신을 던진 수많은 사람의 희생이 얼마나 값진 것이었는지를 되새기곤 한다. 그들에게 진심으로 감사하고 있다."

그는 손짓을 했다.

사토는 탁자 위의 찻잔을 쟁반 위에 올려놓은 후 청년의 앞으로 걸어갔다.

청년은 찻잔을 잡으며 부드럽게 웃었다.

"제천회가 움직이고 있다고?"

"예, 주인님."

"그럼 동영상에 나오는 그 얼굴 가린 자는 조선의 무맥 중 하나의 후예겠군. 마루타에게 치명적인 상처를 남긴 존재가 영능력자일 거라는 네 추측은 빗나갔다고 봐야겠구나."

사토는 순순히 고개를 끄덕였다.

"예, 주인님. 제 실수입니다."

"실수긴 하지만 고의는 아니지 않느냐. 백여 년 전 끊어 놓았던 조선의 무맥이 21세기의 한복판에 이어지고 있을 거라고 누가 상상이나 할 수 있었을까."

청년은 싱긋 웃으며 사토에게 물었다.

"현재 제천회를 이끄는 자가 누구더냐?"

"야지마 아키라입니다."

"아키라? 타카히로의 아들인가?"

"손자입니다."

"손자? 아들이 아니고?"

"아들인 쇼조는 10여 년 전 사망했다고 기록되어 있습니다."

"죽어? 이 시대에 내가 손을 쓰지도 않았는데 제천회의 다음 회주가 명대로 살지 못했다는 말이냐?"

청년은 이해가 가지 않는다는 얼굴로 되물었다.

"저도 그것이 이상해서 알아보려 했지만 그에 대한 사안은 극비로 분류되어 있어서 접근을 할 수가 없었습니다."

사토의 대답에 청년은 고개를 갸우뚱했다.

"정말 이상한 일이군."

그는 턱을 천천히 쓰다듬으며 중얼거렸다.

"타카히로야 내가 필요해서 죽였지만······."

그는 말을 끊었다.

잠시 후 그가 다시 입을 열었을 때는 화제가 바뀌어 있었다.

"흥미진진한 전개야. 사토, 한국 내에서 마루타와 조선 무맥을 추적하는 자들이 어떻게 움직이는지 하나도 놓치지 마라."

"예, 주인님."

사토는 고개를 숙이며 대답했다.

청년은 찻잔을 입에 대며 시선을 창밖으로 돌렸다.

8월의 하늘은 구름 한 점 없이 맑았다.

아주 오래전 그때······.

만주에서 보았던 그 하늘처럼······.

*　　　*　　　*

하숙집으로 돌아온 이혁은 거실에서 시은과 마주 앉았다.

이혁의 선이 굵은 얼굴엔 표정이 없었다. 강수찬과 헤어진 지 세 시간도 지나지 않았다. 이야기를 들을 때의 느꼈던 감정의 여진이 아직도 그의 마음을 지배하고 있었다.

"누나, 어르신은 내가 진혼과 가족사에 대해 아는 걸 원하지 않으셨던 것 같은데, 왜 마음이 바뀌신 거야?"

"네 말이 맞아. 그동안 할아버지는 네가 진혼에 대해 아는 걸 원치 않으셨었어. 석주 오빠도 마찬가지였고. 너는 너희 집안에서 유일하게 살아남은 사람이야. 우리의 싸움은 언제든 죽을 수 있어. 그런 위험이 상존해. 너라 해도 예외일 수는 없어. 위험이 사람을 가리지는 않잖아. 할아버지는 대가 끊길지도 모르는 상황으로 너를 끌어들이고 싶어 하지 않으셨던 거야."

시은의 눈빛이 쓸쓸해졌다.

"할아버지께서 네게 모든 걸 얘기해 주신 건 무역전시관 동영상 때문이야. 내가 말씀드리기 전에 할아버지도 이미 그것을 보셨더라."

"나에 대해 말씀을 드린 거야?"

시은은 고개를 끄덕였다.

"그 동영상에 관심을 가진 자들의 면면은 가볍게 웃고

넘길 수 없는 거잖아. 네가 위험해질 수도 있고, 진혼에도 어떤 일이 닥칠지 모르는 일이어서 말씀드리지 않을 수 없었어."

이혁은 시은의 입장을 충분히 이해할 수 있었다.

그는 묵묵히 그녀의 다음 말을 기다렸다.

"내 얘기를 들은 할아버지는 며칠 동안 고민하셨어. 그리고 너를 만나셨던 거야. 네가 진실을 알아도 감당할 수 있는 능력을 갖고 있다고 생각하셨던 거지. 하지만 혁아, 너는 할아버지의 마음을 올바르게 이해해야 해. 당신께서 너를 만난 건 네가 진혼의 전사로 전면에 나서서 적들과 싸우는 걸 바라셔서가 아니야. 그분은 혹시 닥칠지도 모르는 위험을 네가 사전에 알고 현명하게 대처하는 걸 바라실 뿐이야. 진혼의 역사를 알지 못하면… 주변에서 벌어지는 일의 맥락을 제대로 파악하지 못할 수밖에 없어. 그럼 효과적인 대응이 어렵잖아."

이혁은 쓰게 웃었다.

"서운하겠지만 난 진혼의 처절한 과거가 가슴에 와 닿지 않아. 현재 진행형이라고 해도 너무 멀게만 느껴져. 내가 그들과 부딪친 적도 없고. 누나도 알잖아. 난 역사니 국가니 민족이니 하는 것에 큰 관심이 없다는 걸. 내가 관심이 있는 건 오직 하나뿐이야."

이혁의 눈 깊은 곳에 스산한 빛이 어렸다.

"태양회와 타이요우."

그의 목소리는 크지 않았고, 날이 서 있지도 않았다. 하지만 시은은 이혁을 알게 된 후 처음으로 그가 무섭게 느껴졌다.

그녀도 혹독한 훈련과정을 거친 여인이었지만 이혁의 몸에서 흘러나오는 살기를 감당하는 건 불가능했다.

이혁은 짧게 말을 이었다.

"그곳에 적을 두고 있는 자라면, 그들과 연관이 있는 자라면 그가 누구든 모두 내 손에 죽을 거야, 누나……."

시은은 이혁의 눈가로 흐르는 한 줄기 굵은 눈물을 보았다. 강수찬의 이야기를 듣는 동안에도 흘리지 않았던 눈물이 지금 흐르고 있었다.

시은은 자리에서 일어나 탁자를 돌아갔다. 이혁의 옆에 선 그녀는 그의 머리를 부여잡고 자신의 가슴 깊이 끌어안았다.

그녀는 아무 말도 할 수 없었다.

그의 심정을 너무도 절실하게 이해할 수 있었기 때문에 오히려 아무 말도 할 수 없었다. 그녀도 철이 들기 전 부모를 태양회에 의해 잃은 경험을 가진 사람인 것이다.

잠시 후 그녀가 힘겹게 입을 열었다.

"언제까지나 네 옆에 있을게, 혁아……."

"힘든 싸움이 될 겁니다."

말의 내용과는 달리 장석주의 어투는 담담했다.

모용산은 싱긋 웃었다.

"장 대표님께서 그렇게 말씀하시는 이유는 적운기가 태양회와 손을 잡았다는 정보 때문이겠죠?"

장석주는 고개를 끄덕였다.

"태양회의 박 회장은 이번을 다시 오지 않을 기회라 생각하고 있을 겁니다. 우리에게 패하지만 않는다면 그 생각은 틀리지 않을 테고요."

"대륙의 본가에서 보낸 지원 병력이 도착해 있는 상태입니다. 우리에게는 타국의 땅이라 쉽지 않은 싸움이 될 거라는 장 대표님의 말씀에 동의합니다. 하지만 지나치게 긴장할 필요는 없다고 봅니다."

장석주는 맞은편에 앉은, 패기가 넘치는 혈해의 다음 대주인을 물끄러미 바라보았다.

진혼과 혈해가 합작을 하고 있었지만 아직 본격적으로 움직이는 상황은 아니었다. 그들만이 아니라 대전을 주목하고 있는 모든 조직이 행동을 조심하며 침묵하고 있는 중이었다.

아직 정부의 눈이 대전에서 완전히 사라지지 않은 지금

먼저 움직이는 자는 정부의 집중적인 추적을 받을 가능성이 컸기 때문이다.

그가 말했다.

"자신감을 갖는 건 좋은 일입니다. 그러나 과신하지는 마십시오. 우리나라는 대륙과 달리 땅이 좁습니다. 국가권력에 막강한 영향력을 갖고 있는 태양회가 적극적으로 힘을 투입하는 상황에서 싸움이 길어지면 위험해질 수 있습니다."

모용산의 눈빛이 강해졌다.

"그렇지 않아도 적운기가 태양회와 손을 잡았다는 정보를 접했을 때부터 드리고 싶은 말씀이 있습니다."

눈빛으로 그것이 무엇인지 묻는 장석주를 향해 모용산이 말을 이었다.

"지금 이 땅의 강자는 분명 태양회입니다. 확전은 저도 원하는 것이 아닙니다. 장 대표님, 우리는 적운기만 제거된다면 즉시 이 땅을 떠날 겁니다."

장석주의 입가에 미소가 떠올랐다.

그는 모용산으로부터 이 약속을 받아내기 위해 대화를 했다. 모용산은 아직 무역전시관 사건의 이면에 깔려 있는 의미까지는 모르고 있었다. 그가 말한 대로 이곳이 타국이고, 정보를 진혼에 의존하고 있기 때문이었다.

그러나 차후라도 모용산이 무역전시관 사건이 갖는 의미

를 알게 되었을 때 그가 어떻게 변할지는 미지수였다. 그래서 확전을 하지 않겠다는 약속을 미리 받아낼 필요가 있었던 것이다.

모용산은 미소를 지으며 말을 이었다.

"저는 오히려 진혼에서 확전을 선택하지 않을까 걱정하고 있었습니다."

"우리가 확전을 선택한다 해도 그건 소당주님이 적운기를 제거한 후가 될 겁니다. 염려하지 마십시오."

두 사람은 서로를 보며 미소 지었다.

그러나 그들은 분명하게 알고 있었다.

이 싸움이 생각처럼 쉽지 않을 것이라는 걸.

장석주는 모용산에게서 시선을 뗐다.

보고 싶은 사람들의 얼굴이 눈앞에 선하게 떠올랐다. 한 명은 얼마 전 잠깐 만나긴 했다. 하지만 그 만남을 위해 그는 많은 준비를 해야 했다. 또다시 그런 모험을 할 수는 없었다.

'시은아, 혁아……'

그는 입술 밖으로 새어 나오려는 한숨을 억눌렀다.

당분간 그들을 보는 건 어려웠다.

그들은 세상에 드러나지 않은 사람들이었다. 진혼의 수뇌부 외에는 눈앞의 모용산이든 다른 적들이든 그들의 존재를 알고 있지 못했다. 그런데 자신이 그들과 접촉하는 것을 적이 알게 된다면 그들까지 적의 레이더에 걸리게 되는 것이다.

*　　　*　　　*

밤 10시가 막 넘은 시간, 송촌동의 아파트 단지 내에 있는 공원으로 단단한 체격의 남자가 어슬렁거리는 걸음으로 들어섰다.

남자는 정해진 목적지가 있는 듯 주변에는 눈길도 주지 않으며 공원의 구석진 벤치를 향해 똑바로 걸어갔다.

시간이 늦은 때문인지 공원에는 한 사람밖에 없었다.

벤치 등받이에 두 팔을 걸치고 고개를 뒤로 젖힌 채 하늘을 올려다보고 있던 남자가 고개를 돌려 편정호를 보았다.

조금 멍한 듯 초점이 흐릿한 눈빛.

다가오는 남자를 본 그의 사내, 이혁의 눈빛이 강해졌다.

그와 편정호의 시선이 마주쳤다.

편정호는 이혁의 옆자리에 아무렇게나 털썩 엉덩이를 붙이고 앉았다. 고개를 돌려 이혁의 무표정한 얼굴을 본 그가 눈살을 찌푸리며 물었다.

"뭔 일 있냐? 오늘따라 무게를 너무 잡는 거 같다?"

이혁은 쓸쓸한 얼굴로 말을 받았다.

"그랬나?"

편정호는 고개를 끄덕였다.

"내 눈에는 그렇게 보여."

이혁은 굳이 부인하지 않았다.

"일이 좀 있었다."

편정호는 눈을 껌벅였다.

만난 지 몇 달 되지 않았지만, 그가 아는 이혁이라는 남자는 하늘이 무너져도 위를 보며 웃을 정도로 담대한 인간이었다. 물론, 가끔은 이해가 가지 않을 만큼 소심한 모습을 보이기도 하지만.

아무튼 그가 저런 얼굴이 될 정도의 일이라면 가볍게 여길 수 없었다.

"물어봐도 되냐?"

이혁은 고개를 저었다.

"안 돼."

편정호는 혀를 끌끌 찼다.

"쳇, 가차 없는 대답이로세."

이혁은 그의 반응에 신경도 쓰지 않으며 물었다.

"누가 그러던데, 요즘 바쁘다며? 내가 부탁한 걸로 바빴으면 좋았겠지만 그건 아닌 것 같고. 하긴 최일도 죽고 유성회가 궤멸되다시피 했으니까… 대전의 밤거리 주인이 없어져서 바쁠 만도 하겠다. 잘돼가냐?"

편정호는 머쓱한 얼굴이 되었다.

"지켜보는 눈들이 많아서 좀 더디긴 한데, 기댈 곳 없는 애들이 많이 찾아오고 있다. 서울과 호남 조직들이 무주공산이 된 대전을 노리고 있다는 걸 아니까. 그냥 멍하니 손 놓고 있으면 먹힐 수밖에 없잖아. 사람들이 손가락질하는 건달이지만 우리도 자존심이 있다. 외지 놈들한테 대전을 그냥 내줄 수는 없어. 뭐 그런 공감대가 형성되긴 했는데 앞장서서 총대 맬 사람이 지금은 나밖에 없는 게 또 현실이기도 하고. 흐흐흐."

"잘해봐라."

이혁은 담담한 어조로 말을 받았다.

편정호는 또 눈을 껌벅였다.

평소의 이혁이라면 뭐라고 비꼬아야 정상이었다. 그래서 평범하기까지 한 이혁의 정상적인(?) 반응은 그에게 상당히 의외였다.

찜찜한 표정으로 그가 물었다.

"진심이냐?"

이혁은 고개를 끄덕이며 대답했다.

"너한테 걸리적거리는 자식들은 내가 치워줄 의향도 있다."

담담함을 넘어 진지하게까지 느껴지는 대답.

편정호는 눈을 크게 떴다. 누구보다 이혁의 주먹 실력을 잘 아는 그다. 그가 진심으로 도와준다면 큰 힘이 될 터였다.

"솔직히 고맙긴 하다만, 다른 사람도 아닌 너한테 그런 말을 들으니까 꽤 많이 당황스러운데?"

이혁은 어깨를 으쓱했다.

"당황씩이나 할 필요는 없다. 받을 게 있어서 주겠다는 것뿐이니까."

편정호는 피식 웃었다.

"마다할 이유가 없는 딜이로군. 뭘 받고 싶은 거냐? 네가 체크해 달라던 왜놈 때문이냐? 하지만 그놈은 아직 대전에 들어온 거 같지 않다."

말을 하던 그는 이혁의 무덤덤한 반응을 보고는 머쓱한 표정으로 작게 중얼거렸다.

"이 정도의 정보가 네게 도움이 될 것 같지는 않고… 뭘 받겠다는 거냐?"

입을 다문 편정호는 이혁을 빤히 쳐다보았다. 진심으로 궁금해 하는 기색이 가득 담긴 눈길이었다.

이혁이 입을 열었다.

"전시관 사건에 흥미를 가지고 무리지어 움직이는 일본인들이 있는지 체크해 줬으면 한다."

편정호는 이맛살을 찌푸렸다.

이미 그렇게 움직이는 일본인들이 있었다. 그리고 그들은 이혁도 알고 있었다.

그가 물었다.

"후지와라 말고 다른 일본인들이 또 있다는 거냐?"

이혁은 고개를 끄덕였다.

"그들과 연계되지 않은 일본인들이 있다."

이혁의 대답은 단호했다.

"그놈들 정체가 뭔데?"

"말 못한다. 말할 수 있는 건 무예의 달인들일 가능성이 크다는 것뿐이다."

"염병……."

편정호는 투덜거렸다.

이혁은 쓴웃음을 지었다. 편정호가 투덜거리는 심정이 이해가 되었다. 입장을 바꿔 그가 편정호라 해도 짜증 날 일이었다.

정체도 알 수 없고, 그저 무예를 수련한 일본인들이라는 정보만 갖고 사람을 찾아야 하는 게 쉬울 리 없었기 때문이다.

"부탁한다."

이혁의 말에 편정호의 얼굴이 진지해졌다.

"네가 부탁이라는 말까지 하는 걸 보면 뭔지 모르지만 무척 중요한 일인가 보군."

"맞아. 중요하다. 내 목숨과 관계된 일이야."

"헐… 그 정도냐?"

편정호는 눈을 크게 떴다.

이혁은 자리에서 일어났다.

그가 편정호에게 말한 일본인들은 비검삭월향의 노인이 말했던 제천회 소속의 일본 무사 그룹이었다. 하지만 그들의 정체에 대해 편정호에게 말할 수는 없었다.

제천회에 대해서는 '진혼'도 알지 못한다. 당연히 시은도 그들을 추적하고 있지 않았다. 그들에 대해 시은에게 말할 수도 없었다.

시은이 알게 된다면 '진혼'의 정보망을 움직일 것이다. 그건 큰 도움이 될 게 분명했다. 하지만 이혁은 그럴 마음이 전혀 없었다. 제천회는 온전히 그의 사문과 관련된 개인적인 일이었다. 그가 처리해야 했다.

"간다."

그가 툭 던지듯 말하며 등을 돌리는 것을 본 편정호가 급하게 입을 열었다.

"가기 전에 물어볼 게 있다."

이혁은 고개를 돌려 편정호를 보았다. 그리고 그의 얼굴에 떠오른 호기심을 보자마자 손사래를 치며 말했다.

"묻지 마."

"뭘 물을지도 모르면서 묻기도 전에 지랄이야……."

편정호가 투덜거리자 이혁이 말을 받았다.

"네 표정 보니까 듣지 않아도 뭘 물어보려는지 충분히 알 것 같거든."

입을 다문 이혁이 고개를 돌리는 것을 본 편정호가 미련이 가시지 않은 얼굴로 버럭 소리를 질렀다.

"야, 알고 싶어서 속이 썩을 지경이다. 전시관 복면, 너였지?"

이혁은 걸음을 떼며 말을 받았다.

"그거 물을 줄 알았다. 넌 언제나 예측가능하다니까."

편정호도 자리에서 일어났다.

"뺄 소리 그만하고. 너였냐?"

"노코멘트!"

툭 던지듯 말한 이혁의 걸음이 빨라졌다.

"염병… 그래, 너 잘났다……."

멀어지는 이혁의 등을 보며 투덜거리는 편정호의 안색이 조금씩 무거워졌다.

이혁 정도의 주먹꾼(?)이 무예의 달인들이라고 표현할 정도라면 그가 조사를 부탁한 일본인들이 얼마나 위험할지는 생각할 필요도 없었다.

그는 머리를 벅벅 긁었다.

머리가 지끈거렸다.

처음 시작이 괴상했지만 이혁과의 인연은 그에게 남달랐다.

이혁으로 인해 그의 삶이 변하고 있다는 게 너무도 명확해서 인연을 가볍게 여길 수가 없는 것이다.

그는 혀를 차며 일어섰다.

"쩝, 하여튼 저 자식만 만나면 개 발에 땀 날 지경으로 바빠진다니까. 이러다 내가 제 명에 못 죽지."

말은 그렇게 해도 이혁이 만나자고 하면 거절은커녕 자다가도 뛰어나오게 되는 걸 보면 별일은 별일이었다.

*　　　*　　　*

이혁이 하숙집에 들어섰을 때 생각지도 못한 두 사람이 그를 맞았다.

여름이 시작되면서 오 여사와 이혁은 마당에 파라솔을 설치했다. 그 아래 채현과 미지가 앉아 있었다. 그녀들은 아이스크림을 먹으며 수다를 떨다가 환한 미소와 함께 이혁을 맞았다.

미지는 배와 어깨가 다 드러나는 탱크톱 티에 숏팬츠 차림이었고, 채현은 헐렁한 티에 무릎이 살짝 드러나는 플레어스커트를 입고 있었다. 마당을 비추는 불빛 아래 앉아 있는 그녀들은 어둠 속에서 빛이 나는 것처럼 싱그럽고 아름다웠다.

"혁아, 이리 좀 와봐."

"오빠, 어디 다녀오세요?"

이혁은 그녀들에게 다가가는 대신 주춤 걸음을 멈췄다.

한 명만 해도 버거운 판이다.

둘이 함께 있는 저 자리는 마굴이었다.

"아… 하… 하… 바람 좀 쐬고 왔다. 하던 얘기 계속해. 난 피곤해서…….."

그가 어색하게 웃으며 손사래를 치며 2층과 연결된 계단 쪽으로 걸음을 옮기는 것을 본 미지의 눈썹 끝이 파르르 떨리며 하늘로 곤두섰다.

"이혁, 지금 내가 한 말 씹은 거야?"

목소리는 작았지만 날이 시퍼렇게 서 있어서 못 들은 척 하고 2층으로 올라갔다간 생사를 장담하기 어려울 듯했다.

이혁은 등골이 으슬으슬해지는 기분에 고개를 힘차게 저었다.

"그럴 리가 있냐."

"그럼 이리 오셔."

미지가 한 손으로 옆의 의자를 가리켰다.

채현은 터져 나오려는 웃음을 참기 위해 손으로 입을 가렸다. 어깨를 늘어뜨린 채 터덜터덜 걸어오는 이혁의 모습이 도살장에 끌려가는 소처럼 보였기 때문이다.

이혁이 자리에 앉자 미지는 탁자 위 한쪽에 치워져 있던 생수병을 집어 그에게 건넸다.

"요새 얼굴 보기가 왜 그렇게 어려워? 여사님 말씀으로는 언제 나갔다 들어오는지도 잘 모르시겠다던데."

채현도 궁금한 듯 눈을 빛내며 이혁을 보았다.

이혁이 말했다.

"은둔 중이잖냐."

미지는 어이가 없다는 듯 피식 웃으며 말을 받았다.

"네 성격에 은둔? 믿을 소리를 해야 믿는 시늉이라도 하지."

"그냥 믿어라. 믿는 자에게 복이 온다고 2천 년 전에 말씀하셨던 분도 계시잖냐."

슬쩍 고개를 돌려 미지의 캐는 듯 날카로운 시선을 피한 이혁은 생수병을 열어 물을 벌컥벌컥 마셨다.

"물 마시는 걸로는 넘어갈 상황이 아니라는 거 아직도 몰라?"

이혁은 미지의 재촉을 가뿐하게 무시하며 물을 계속 마셨다.

500㎖의 생수 한 병이 한 번에 바닥을 드러냈다.

그가 입을 열었다.

"뭐가 그렇게 걱정이냐? 대전 시내는 거의 안정을 되찾았어. 네가 걱정할 정도로 위험하지 않다."

미지의 눈빛이 불꽃이 튀기라도 할 것처럼 강해졌다.

"설마 너… 지금 내 모습이 네가 밖에서 괴물들에게 해를 입을까 걱정하고 있는 것처럼 보이는 거야?"

"아니었어?"

"흥!"

미지는 가볍게 코웃음을 쳤다.

"오 여사님이나 다른 사람들은 긴가민가하고 있지만 나는 알아. 그 무역전시관의 복면인의 정체……."

미지는 입을 다물었다.

딴짓하던 이혁의 시선이 미지를 똑바로 향했던 것이다.

그가 덤덤한 목소리로 말했다.

"거기까지만 하자."

"하아……."

미지는 낮게 한숨을 내쉬며 말을 이었다.

"걱정 좀 시키지 마."

이혁은 쓰게 웃었다.

'네 아버지가 나 잡으라고 총잡이 고용했다는 걸 알고 나서도 그런 말 할 수 있겠냐. 흐흐흐.'

그는 의자에 등을 기대며 파라솔 밖으로 보이는 밤하늘에 시선을 주었다.

대전도 대도시라 할 수 있었지만, 서울처럼 공기가 혼탁하지는 않다. 구름 한 점 없이 맑은 하늘엔 수많은 별의 무리가 저마다의 빛을 뿜어내며 유유히 흘러가는 시간을 즐기고 있었다.

'일상… 가까운 사람에 대한 걱정… 흐흐흐… 얼마나 갈지…….'

헛웃음이 터졌다. 그러나 그 소리는 입 밖으로 새어 나오지 않았다.

오래 산 건 아니었지만 평범한 시간들의 소중함이 요즘처럼 절실하게 느껴진 적도 없었다.

'시한부이기 때문에 그런 거겠지……'

그는 쓸쓸하지만 부드러운 눈으로 미지와 채현을 번갈아 보며 자리에서 일어났다.

그리고 각기 한 손으로 그녀들의 어깨를 가볍게 두드렸다.

툭툭.

"자라."

미지의 걱정 어린 투정도 받아주었고, 더 할 말도 없었다.

그는 등을 돌렸다.

"야, 이혁!"

미지가 벌떡 일어나며 불렀지만 그는 돌아보지 않았다.

이혁의 모습이 2층 계단 너머로 사라지는 것을 걱정스런 눈으로 바라보던 채현이 미지에게 물었다.

"언니, 무슨 일이야? 내가 모르는 게 있는 거지?"

미지는 입술을 지그시 물었다.

하숙집의 여자들은 이혁이 대전에 온 후로 적지 않은 사고를 저지른 걸 알고는 있었다. 하지만 그들은 자신들이 아는 것들이 이혁의 단면에 불과할 뿐이라는 걸 알지는 못했다.

지수가 무역전시관의 복면인을 이혁이 틀림없다고 끈질기게 주장하고 있긴 했다. 하지만 이혁이 극구 부인하고 있어서 하숙집 사람들은 지수의 말을 쉽게 믿지 않았다.

이혁이 싸움을 살한다는 건 그를 아는 모든 사람이 인정하는, 공인된 사실이다. 하지만 전시관의 복면인이 보여준 능력은 길거리 싸움의 차원을 한참이나 넘어서 있었다.

주변의 고등학생이 그런 능력을 가진 존재라는 걸 쉽게 인정할 수 있는 사람은 없는 것이다.

그에 반해 미지는 하숙집 안에서 시은을 제외하고는 이혁의 진면목을 가장 잘 알고 있는 소녀였다.

그녀가 아는 이혁은 시한폭탄보다도 더 위험한 남자였다. 그래서 더 걱정할 수밖에 없는… 그런 남자였다.

그녀는 채현의 손을 가볍게 잡으며 미소를 지었다.

"좀 그럴 일이 있긴 한데… 걱정하지 않아도 될 거야. 혁이는 자기 앞가림은 할 줄 아는 남자잖아."

미지의 말은 채현을 더 불안하게 만들었다.

그녀는 입을 꼭 다물고 이혁이 사라진 2층을 올려다보았다.

후덥지근한 8월의 바람이 그녀들의 뺨을 간질이며 지나갔다.

제7장

학생들이라면 기다리지도 반갑지도 않은 개학 시즌이 드디어 닥쳤다.

　아침저녁으로 학생들이 거리로 쏟아져 나오면서 대전 시내는 이전과 다름없어 보이는 활기를 되찾았다.

　그리고,

　사비고도 개학을 했다.

　대전 대덕구 중리동의 주택가.

　며칠 전부터 골목 안쪽에 자리 잡고 있는 2층 주택 하나에 덩치 좋은 검은 양복 차림의 남자들이 몰려들었다.

　그들은 한결같이 사람의 눈을 꺼리는 듯 행동이 조심스

러웠다. 그래서인지 동네 사람들 중 그들이 한 곳으로 모여드는 것을 알아차린 사람은 없었고, 소문도 나지 않았다.

주택의 1층 거실은 더운 날씨임에도 창문에 두터운 커튼이 쳐져 있었다. 하지만 에어컨이 풀가동 되고 있어서 안은 시원했다.

탁자 위에 부챗살처럼 펼쳐져 있는 사진을 내려다보던 이상윤은 턱을 어루만졌다.

배경은 다양했지만 여러 장의 사진 속 주인공은 단 한 명이었다. 그는 선이 굵은 얼굴의 몸집 좋은 스물 전후의 남자였다.

"미친개 이혁이라……."

들릴 듯 말 듯 중얼거리는 이상윤의 입가에 싸늘한 미소가 떠올랐다.

대전에 들어온 며칠 동안 그는 부하들을 시켜 이혁과 관련된 정보를 최대한 수집했다. 탁자 위의 사진들은 수집된 정보들 중 일부였다.

그는 고개를 들었다.

탁자 맞은편에 차려 자세로 서 있던 검은 양복 차림의 두 사내의 어깨에 힘이 잔뜩 들어갔다.

이상윤이 물었다.

"이놈 현재 위치는?"

오른쪽 사내가 지체 없이 대답했다.

"등교는 확인되었고, 학교에서 아직 나오지 않았습니다."

이상윤은 고개를 끄덕였다.

"시일이 많이 지나서 좀 느슨해지기는 했지만 아직도 정부는 대전을 주목하고 있다. 일을 크게 벌이면 정부의 주의를 끌 수도 있단 말이다. 그리고 그놈이 무역전시관의 그 복면인이 맞다면 서너 명으로는 감당하지 못할 것이고. 현장에 있는 애들한테 서툰 짓 하지 말라고 단도리 확실하게 해놓았겠지?"

"물론입니다, 형님."

이상윤은 사진 중의 하나를 집어 들었다.

사진 속에는 이혁이 어떻게 보면 멍하다고 할 수도 있는, 표정이 없는 얼굴로 먼 하늘을 바라보고 있었다. 그 사진만 그런 모습이 아니었다.

탁자 위 사진 속의 이혁의 표정은 대부분 비슷했다.

이상윤은 미간을 찌푸렸다.

"몸도 좋고 학생들 사이의 소문으로 봐서는 싸움질에 소질이 있는 건 맞는 것 같은데… 하지만 아무리 봐도 복면인과 같은 고수의 기운은 느껴지지가 않아……."

중얼거리는 그의 목소리에는 의혹의 기운이 충만해 있었다.

그는 십몇 년 동안 암흑가의 현장에서 피를 보며 살아온 인물이었다. 박투에도 능했고, 칼과 같은 연장을 다루는 데도 전문가였다.

그런 그였지만 이혁이 어느 정도의 실력자인지를 정확하게 판단하지 못하고 있었다. 물론, 사진만으로 누군가의 실력을 알아보는 건 쉽지 않은 일이었다. 하지만 이상윤은 피를 본 경험을 가진 자가 어떤 눈을 갖게 되는지 누구보다 잘 안다.

처음 이 일을 맡게 되며 그가 보았던 백동수 일행은 팔다리의 신경이 잘려 나갔다. 깔끔하고 냉혹한 솜씨였다.

그의 경험상 그런 칼질을 할 수 있는 자는 사진 속의 이혁과 같은 눈빛을 가질 수 없었다.

'보고는 확인한 후에 하자. 만약 이놈이 이소영을 구해 간 놈이 아니라면 내 체면이 시궁창에 처박히게 된다. 후폭풍도 심할 것이고…….'

그는 사진을 탁자 위에 내려놓았다.

고개를 든 그는 맞은편 사내들에게 말했다.

"언제든 놈을 칠 수 있는 준비를 해놓도록 해라. 적당한 기회만 온다면 디데이는 오늘이 될 수도 있으니까."

"예, 형님."

두 사내는 허리를 구십 도로 꺾으며 대답했다.

*　　　*　　　*

2층 주택과 백여 미터 떨어진 5층 건물의 맨 꼭대기 층에는 오성이라는 이름의 낡은 당구장이 있었다.

당구장 문은 잠겨 있었다. 에어컨은 돌아가고 있었지만 불도 꺼져 있어서 분위기는 음침했다. 그러나 안에 사람이 없는 건 아니었다.

5센티 정도 열린 창문 틈으로 외알 망원경을 내놓고 2층 주택을 살피고 있던 사내가 망원경에서 눈을 떼며 입을 열었다.

"씨발 놈들, 많이도 기어 들어가네."

이십대 후반으로 보이는 그는 스포츠머리에 탄탄한 근육이 다 드러나는 검은 쫄티와 통이 넓은 양복바지를 입고 있었는데 팔뚝에는 정체불명의 검푸른 문신이 빽빽하게 차 있었다.

그의 옆에 있던 스물 전후의 덩치 좋은 젊은 남자가 조심스럽게 사내의 눈치를 보며 물었다.

"저기… 만수 형님… 오래 걸리십니까요? 이렇게 오래 문 닫고 있는 거 아시면 희철이 형님이 저를 죽일 겁니다요…….."

문신 사내는 피식 웃으며 젊은 남자의 어깨를 툭툭 쳤다.

"새끼, 새가슴은… 희철이 형이 내 이름 듣고도 네게 뭐라 하겠냐. 아무튼 끝났다. 문 열어라."

젊은 남자의 얼굴이 환해졌다.

"고맙습니다요, 형님."

젊은 남자는 잠긴 문으로 바쁘게 걸어갔다.

그를 힐끗 본 사내는 다시 창문 틈으로 멀리 떨어진 2층 주택을 바라보았다. 인상을 찡그리며 그가 중얼거렸다.

"저 새끼들 정체가 뭔데 이혁 형님 주변을 캐고 다니는 거지? 뭐, 큰 형님이 알아서 하시겠지."

망원경을 손에 쥔 그는 젊은 남자의 인사를 받으며 당구장을 나섰다.

*   *   *

점심시간, 이제는 그 외에 아무도 앉지 않는 전용 벤치에 누워 있던 이혁의 머리맡에 털썩 엉덩이를 붙이고 앉은 남학생이 있었다.

간 큰 남학생, 남영주가 입을 열었다.

"파란 만장한 방학을 보내고 등교하는 기분이 어떠냐?"

부스럭.

얼굴을 가리고 있던 공책을 느릿하게 걷어 내리며 이혁이 말을 받았다.

"몰라서 묻는 거냐?"

한가로운 오후를 방해받은 그의 반응은 당연히 퉁명스러웠다.

"자식, 까칠하기는!"

남영주는 피식 웃으며 말을 이었다.

"네 덕분에 걱정 없이 공부할 수 있었다."

"너란 놈, 고맙다는 말에 인색한 놈이었구나."

일어나 앉으며 툴툴거리는 이혁의 말에 남영주는 멋쩍은 듯 운동장으로 시선을 돌렸다. 날씨가 30도를 웃돌고 있었지만 운동장엔 학생들이 많았다. 그들은 소금에 절인 배추처럼 땀에 푹 젖은 채 축구를 하거나 농구를 하고 있었다.

그들을 보던 남영주가 잠시 후 말했다.

"듣고 싶었냐? 고맙다."

"음. 고마운 건 아는 것 같으니 됐다."

남영주는 어이가 없다는 듯 이혁을 힐끗 보며 풀썩 웃었다.

"훗, 너 엎드려 절 받기 좋아하는 놈이었구나!"

무역전시관 사건 이후 남영주는 하루에 한 번 이상 이혁에게 전화를 해댔다. 하숙집 분위기와 오씨 자매가 걱정된 때문이었다. 이혁이 없었다면 그는 뭐 마려운 강아지처럼 하숙집 주변을 맴돌았을 것이다.

"따라하지 마라. 창의성 없는 놈처럼 보인다."

말을 받으며 이혁은 손바닥으로 얼굴을 여러 번 쓸어내

렸다.

그가 말을 이었다.

"이제 좀 잠이 깨는군."

운동장의 학생들을 돌아보던 남영주가 이혁을 향해 고개를 돌렸다.

"그런데, 그 복면인 누굴까?"

이혁의 눈썹이 꿈틀거렸다.

말은 질문의 형식이었지만 목소리가 은근한 게 묘하게 거슬렸던 것이다. 그리고 남영주가 언급한 복면인이 누구를 가리키는 것인지는 생각할 필요도 없었다.

눈살을 찌푸린 그가 말했다.

"나 아니니까 떠보지 마라."

"자식 넘겨짚기는… 내가 너라고 지목을 하기라도 했냐?"

"뉘앙스가 딱 그런데 뭐."

이혁의 대답에 남영주는 입맛을 다시며 말을 받았다.

"네가 그렇게 부인하면……."

"그 아쉬워하는 말투는 뭐냐?"

반문하는 이혁의 눈빛은 날카로웠다.

남영주는 다시 시선을 운동장으로 돌리며 대답했다.

"솔직히 그 복면인이 너였으면 하고 바랐다. 무협에서나 나올 것 같은 절대고수가 혹시 친구 아닐까 기대하고 있었거든. 체형이나 싸우는 스타일이 좀 비슷하기도 하고… 무엇보다 그 사람은 많은 사람의 생명을 구하기까지 했잖냐. 얼굴과 이름을 알리지 않고 협을 행하는 무인(武人)… 진짜 끝내주지 않냐!"

이혁은 이마를 짚었다.

그는 금방이라도 한숨을 쉴 것 같은 얼굴로 남영주를 보며 말했다.

"얘냐? 나잇값 좀 해라."

"그런데… 정말 너 아니냐?"

"아니라니까."

"딱 너였는데……."

"화낸다."

남영주는 입을 다물었다.

두 사람은 물끄러미 축구를 하고 있는 운동장의 학생들을 바라보았다.

멀리서도 보일 정도로 푹 젖은 상의와 움직일 때마다 일어나는 마른 흙먼지 속에서도 학생들은 빛이 나는 듯했다.

이혁이 자신도 모르게 중얼거렸다.

"젊다는 게 좋긴 좋구나……."

남영주가 피식 웃었다.

"훗, 너도 저 또래거든! 누가 들으면 곧 갈 때 된 노인인 줄 알겠다."

"그런가……."

이혁의 낮게 중얼거리는 목소리는 무거운 분위기를 담고 있었다.

남영주의 얼굴이 살짝 굳었다.

그가 물었다.

"너 무슨 일 있는 거냐?"

이혁은 대답하지 않았다.

그저 이리저리 뛰어다니기 바쁜 학생들을 바라보기만 할 뿐이었다.

남영주는 답답한 듯 대패로 민 것처럼 미끈한 이마에 주름을 만들며 재차 물었다.

"입에 자물쇠 채우지 말고 말해봐라. 내가 도울 수 있는 일이면 기꺼이 돕겠다."

이혁은 풀썩 웃었다.

"하하하. 고3이? 미친놈. 공부나 해. 인 서울 못하면 나중에 지윤이한테 무슨 꼴을 당하려고. 재수생이라도 돼봐라. 지윤이는 널 사람취급도 하지 않을 거다. 그리고 네가 걱정할 정도의 별일 같은 거 없다."

"거울이나 보고 그런 말 하지? 똥이라도 씹은 것 같은 얼굴로 그렇게 말하면 내가 '아, 그래' 그렇게 받아들이고 넘어갈 거라고 생각하는 거냐?"

"넘어가."

이혁은 심드렁하게 대꾸했다.

그때 이혁의 호주머니에서 휴대폰이 진동하는 소리가 났다.

드르르르르륵.

휴대폰을 꺼내 액정 화면의 이름을 본 이혁은 자리에서 일어나 남영주로부터 2미터가량 멀어졌다.

묵묵히 상대방의 말을 듣고 있던 이혁이 반문했다.

"중리동?"

통화는 짧았다.

"고생했다."

한 마디 반문 이후 계속 듣기만 하던 이혁은 덤덤한 한마디와 함께 휴대폰을 껐다.

휴대폰을 바지 호주머니에 집어넣은 그는 남영주에게 고개를 돌렸다.

그와 시선이 마주친 남영주의 전신이 순간적으로 딱딱하게 굳었다.

이혁의 눈은 언뜻 담담하게 보였다. 그럼에도 그 눈과 눈을 마주친 남영주는 전신에 소름이 돋았다.

이혁이 그를 보며 낮은 목소리로 말했다.

"주변 사람들한테 잘해라. 앞날이 어떻게 꼬일지는 아무도 모르는 거니까."

남영주는 입을 열지 못했다.

이혁은 씁쓸해 보이는 작은 미소를 지으며 등을 돌렸다.

크게 걸음을 내딛는 그의 뒷모습이 이상할 정도로 남영주의 가슴을 쳤다.

남영주의 입술이 달싹거렸다. 하지만 그는 이혁의 모습이 건물 안으로 사라질 때까지 입을 열지 못했다.

그의 이마에 식은땀이 송골송골 솟아 있었다.

'뭐였지? 뭔가 정말 무서운 걸 본 것 같았는데…….'

그의 속마음이 어떻든 8월의 태양은 무심하게 하늘을 가로지르고 있었다.

*　　　　*　　　　*

덜컥.

낑낑대며 차 문을 연 박장호가 햄버거와 콜라를 내밀었다.

"이 형사님, 좀 드십쇼."

조수석에 앉아 있던 이수하는 힐끗 박장호를 돌아보고는 내키지 않는 표정으로 햄버거와 콜라를 받아 들었다.

"생각 없다니까. 이참에 다이어트 하지 뭐."

"말도 안 되는 소리하지 마시고 드십쇼."

이수하의 옆모습에 시선을 주며 그가 말을 이었다.

"그 몸에 뭔 다이어트입니까? 살집 좋은 여자들이 들으면 살인날 말이라는 거 알고 하시는 말입니까? 그리고 인생에서 자고로 먹는 거하고 자는 거 빼면 남는 거 하나도 없다는 말도 있잖습니까."

이수하가 어이없다는 얼굴로 되물었다.

"어떤 정신 나간 자식이 그런 개소리를 했어?"

"우물우물… 군대 고참이요. 이 형사님은 군대 안 다녀와서 모르시겠지만 말입니다."

햄버거를 한입 베어 문 박장호가 대답했다.

이수하는 피식 웃었다.

"후후, 박 형사는 무한긍정주의자라 좋겠다. 난 입 안이 모래를 씹은 것처럼 텁텁하고 깔깔해."

그래도 사다 준 사람의 성의가 있는 터라 마냥 무시할 수는 없었는지 이수하는 햄버거의 종이껍질을 절반 벗겨내고 그것을 한입 물었다.

시일이 많이 지난 터라 타지에서 대전으로 지원을 나왔던 일반 경찰들은 소속 경찰서로 되돌아갔고, 대전 지역의 일반 경찰들도 지구대의 순찰근무로 돌아갔다.

경찰 병력의 9할이 본업으로 복귀한 것이다. 그러나 수사본부가 해체된 것은 아니었다.

오히려 지원하던 일반 경찰들이 복귀하면서 수사본부에 남은 형사들의 업무는 몇 배로 늘어났다.

미혼형사들은 말할 것도 없고 기혼형사들조차 일주일에 한 번 집에 들어갈 수 있을까 말까 할 정도였다.

전시관 살인마들의 배후는 오리무중이었고, 복면인을 추적하는 것도 진척이 없었다.

양쪽 다 비인간적인 능력을 발휘한 자들이어서 그날 전시관에 있던 사람들은 자신의 주변에 그런 존재가 있을 거라는 상상도 하지 못하고 있었다. 당연히 단서가 될 만한 진술을 하는 사람이 있을 턱이 없었다.

덕분에 죽어나는 건 수사본부의 형사들이었다.

상부의 닦달은 줄어들 기미를 보이지 않고 있었다.

수십 명의 시민이 죽은 사건이었다. 살인마들이 현장에서 죽었기 때문에 여파는 빠르게 사그라지고 있었지만 여전히 국민적인 관심사였다.

정부는 뭐가 되었든 국민들의 분노와 호기심을 충족시켜 줄 수 있는 물적인 증거나 희생양이 필요했다.

그들로서는 현장에서 뛰는 사람들을 닦달할 수밖에 없었다. 그리고 불만이 목까지 차올라도 위에서 까라면 까야 하는 게 본래 형사들이다. 힘들다고 도망가거나 조사를 대충 할 수 있는 직업이 아닌 것이다.

햄버거를 입에 문 이수하의 눈이 아련해졌다.

이혁을 보지 못한 시간이 너무 길어지고 있었다. 그런데도 그의 모습은 흐려지기는커녕 시간이 갈수록 더욱 선명해졌다.

'보고 싶어 미치겠네…….'

두 사람이 햄버거를 먹고 있을 때 베토벤의 교향곡 운명의 전주곡이 차 안에 울려 퍼졌다. 그리고 다시 반복되었다.

박장호가 인상을 썼다.

"팀장님, 전화 좀 받으시죠?"

"응? 전화?"

이수하는 움찔 놀라며 반문했다.

생각에 잠겨 있어서 전화벨소리를 듣지 못한 것이다.

수신 버튼을 누르자 오랫동안 뜸했다가 최근 부쩍 연락이 잦아진 친구의 목소리가 들려왔다.

[힘들지?]

"약 올리는 거지?"

이수하는 짜증 섞인 목소리로 반문했다.

윤성희는 밝은 목소리로 웃었다.

[호호호, 말하는 거 보니까 아직 기력이 남아도는 거 같은데? 나온 거 있어?]

"남아돌 기력도 없고, 나온 것도 없어."

[정말? 네가 보름이 넘도록 단서 하나 발견하지 못하고 있다는 말이야? 믿을 수가 없네.]

"나, 홈스 아니거든!"

[차장님이 기대가 크셔. 분발해 주라, 응?]

윤성희의 목소리에 비음이 섞였다.

이수하는 어깨를 늘어뜨렸다.

그녀와 윤성희는 경찰대 시절 학년 1, 2등을 번갈아하며 찰떡처럼 붙어 다녔던 절친한 친구 사이였다. 하지만 대학 졸업 후 이수하는 일선으로, 윤성희는 지방청 요직을 거쳐 본청으로 들어가면서 간간이 전화만 했을 뿐 오랫동안 보지 못했다.

그러다가 국정원 2차장인 윤석구와 함께 대전에 내려온 윤성희가 이수하를 찾으며 그녀들은 재회를 했다.

그녀를 만난 후 이수하와 박장호는 수사본부의 잡다한 수사에서 해방될 수 있었다. 2차장의 특명으로 그녀와 박장호는 복면인을 추적하는 일을 전담하게 되었기 때문이다. 그리고… 고생문이 열렸다.

이수하는 힘없이 입을 열었다.

"나도 죽을힘을 다하고 있거든. 그러니까 닦달 좀 그만하고 기다려 줄래?"

[알았어, 친구.]

윤성희는 미안한 듯 그 말을 끝으로 전화를 끊었다.

햄버거와 콜라를 허벅지 위에 올려놓은 이수하는 등을 의자에 깊게 묻었다.

그녀의 시선이 창밖을 향했다.

'…성희야, 단서가 아예 없는 건 아니야… 하지만 나도 믿기지가 않아…….'

"후우……."

작게 한숨을 쉰 그녀는 휴대폰을 들어 메시지 창을 열었다.

저장된 전화번호를 찾은 그녀는 창에 메시지를 입력했다.

−사랑해.

그녀의 긴 손가락이 송신버튼을 눌렀다.

'네가 아니길⋯⋯.'

*　　*　　*

"어디 나가려고?"

방에서 나오는 이혁을 본 시은은 눈이 동그래져서 물었다.

검은 티에 블랙 진을 입고 손가락이 드러나는 바이크스타일의 검은 장갑을 바지 뒷주머니에 꼽고 방에서 나오는 이혁의 분위기가 심상치 않았던 것이다.

"일이 있어."

이혁은 짤막하게 대답했다.

시은의 얼굴이 딱딱하게 굳었다.

밤 10시가 다 되어가는 시간이었다. 게다가 지금 이혁이 입고 있는 옷차림은 임무에 투입될 때의 그것이었다.

시은은 대전에 내려온 후 이혁이 저렇게 입는 걸 몇 번본 적이 있긴 했다. 하지만 그때와 지금 이혁의 분위기는 많이 달랐다.

"무슨 일이니?"

이혁은 물끄러미 시은을 바라보았다.

처음 만난 후로 지금까지 그는 시은에게 무엇을 감추거나 속인 적이 없었다.

그가 차분한 목소리로 말했다.

"누나가 몰랐으면 하는 일이야. 그래서 묻지 말아주었으면 해."

시은의 입술이 파르르 떨렸다.

여자의 느낌은 때로 칼보다도 더 날카롭고 직관적이다.

똑바로 부딪쳐 오는 이혁과 시선이 마주친 그녀의 입술이 파르르 떨렸다.

"조… 심해."

그녀는 할 말이 산더미 같았다. 그러나 한 마디를 한 후로 더는 입을 열지 못했다. 그를 말릴 수 없다는 걸 직감했기 때문이다.

이혁은 담담하게 웃으며 고개를 끄덕였다.

"응."

이혁이 나가고 닫힌 문을 바라보며 시은은 힘없이 의자에 앉았다.

불안한 그녀의 마음 상태를 알려주듯 꼭 움켜쥔 손이 가늘게 떨렸다.

"혁이를 믿지만 정말 이대로 있어도 되는 걸까⋯⋯."

대전에 내려온 장석주와 만난 직후 그녀는 조직 내의 지휘계통에서 당분간 배제된 상태였다. 그건 강수찬과 장석주 공동의 뜻이었다. 그녀도 동의한 일이었고.

그녀가 조직을 지휘하면 대전에 몰려든 다른 조직의 정보망에 신분이 노출될 위험이 너무 컸다. 현재 대전을 기웃거리는 조직의 힘은 '진혼' 보다 약한 곳이 없었다.

그녀가 노출된다면 목숨이 위태로워질 가능성이 컸다. 게다가 장석주가 대전에서 직접 활동하고 있었다. 굳이 시은이 조직을 지휘하며 위험을 감수할 이유가 없었다.

이 두 가지 이유로 인해 그녀는 비록 대전이 안정될 때까지라는 한정된 시간 동안이지만 '진혼' 의 지휘계통에서 배제된 것이다.

그렇게 배제되며 그녀는 자신을 경호하는 소수 인력 외에는 조직의 현장 요원들과 접촉을 할 수 없게 되었다.

그래서 그녀는 이혁이 지금 무엇을 하려는지 어렴풋이나마 짐작하면서도 그가 목표로 삼은 대상이 누구인지는 파악하지 못하고 있었다.

잠시 생각에 잠겼던 그녀는 결심을 한 듯 거실 서랍을 열어 휴대폰을 꺼냈다. 장석주가 만약에 대비하며 준 대포폰이었다.

그녀는 번호를 눌렀다.

*   *   *

이상윤의 얼굴이 무섭게 일그러졌다.

그는 탁자 위에 놓인 커피 잔을 들어 내던졌다.

퍽!

커피 잔에 맞은 사내의 이마가 푹 패이며 핏물이 튀었다. 하지만 사내는 상처를 붙잡는 대신 고개를 숙였다.

"죄송합니다, 형님."

그런 사내를 향해 이상윤이 고함을 쳤다.

"너희 뭐 하는 새끼들이야! 고딩 하나 제대로 감시를 못해서 놓친단 말이냐!"

핏물을 뚝뚝 흘리며 사내가 말을 받았다.

"가로등이 없는 골목에서 그놈이 갑자기 뛰는 바람에 놓치긴 했지만 애들이 흩어져서 찾고 있으니까 곧 소재가 파악될 겁니다."

"빨리 찾아서 그놈을 끌고 와! 한 시간 내로 데리고 오지 않으면 그놈보다 너희들 입에서 먼저 곡소리가 나게 해주마."

"예, 형님."

두려운 기색으로 이상윤을 올려다본 사내들이 빠르게 서재에서 나갔다.

이상윤은 의자에 털썩 소리가 나게 앉았다.

"빌어먹을……."

그는 관자놀이를 눌렀다.

머리가 아팠다.

미친개를 잡기 위해 준비했던 모든 것이 그를 놓치며 무용지물이 되어버렸기 때문이다.

*　　　*　　　*

중리동 주택가.

짙은 어둠이 동네를 장악하고 있었다.

드문드문 서 있는 가로등이 골목을 비췄고, 불이 켜진 집들의 창문은 텔레비전의 화면 변화에 따라 총천연색으로 물들었다.

이혁은 코를 찡긋거렸다.

아래쪽에서 때늦은 음식을 하고 있는지 코를 간질이는 고소한 냄새가 올라왔다.

그가 있는 곳은 흔히 양옥이라고 부르는 2층 주택의 옥상이었다.

옷으로 가려지지 않은 얼굴과 팔이 희미하게 드러났다. 하지만 가로등이 닿지 않는 곳의 그늘인데다 온통 검은색으로 차려 입은 상태라 주의해서 보지 않는다면 그를 발견하기는 쉽지 않았다.

그의 눈가에 그늘이 졌다.

'아마도… 다시 평범한 일상으로 돌아오지는 못하겠지…….'

보이는 주변의 집에 사는 사람들이 모두 행복하지는 않을 것이다. 사연들이 있을 것이고, 개중에는 불행한 사람들도 있으리라. 하지만 어찌 되었든 그들의 불행과 행복은 일상 속에서 이루어지고 있었다.

그는 최근 며칠 감상에 자주 빠지고 있다는 것을 의식하고 있었다. 그 이유도 깨닫고 있었다.

'미련 때문이다.'

혼란스러웠던 몇 년의 시간이 지난 후 대전에 정착하며 찾아왔던 일상의 평화로움.

비슷한 또래에게는 당연한 날들이 그에게는 새로웠고, 적응하는 매일 매 순간이 편안하고 즐거웠다. 그날들 전부에 이수하라는 여인의 그림자가 진하게 드리워져 있었다.

끝이 없는 연극이 없듯이 짧았던 일상의 평화는 끝을 향해 치달리고 있었다.

앞에 놓인 날들에 대한 자각으로 인해 예민해질수록 일상에 대한 미련도 강해졌다.

이수하를 생각하는 것만으로도 마음이 흔들렸다.

낮에 받았던 문자가 그를 얼마나 번민에 빠뜨렸는지 그

녀는 상상도 하지 못하고 있으리라. 그러나 이혁은 남자였다. 반드시 해야 할 일을 외면하는 건 그에게 있을 수 없는 일이었다.

상념에 잠겨 있던 그의 눈빛이 차갑고 강해졌다.

그는 바지의 뒷주머니에 꼽아두었던 장갑을 꺼내어 손에 꼈다.

'진실을 알게 된 이상 이전처럼 사는 건 불가능하다.'

그의 입가에 쓴웃음이 떠올랐다.

돌이켜 보면 이전의 삶도 또래의 일상과는 거리가 멀었다. 그러나 앞으로 그가 걸어갈 길에 비한다면 그에겐 평범한 날들로 여겨졌다.

그는 입술을 지그시 물었다.

'맹세는 지켜진다. 이것은 나의 선택, 부모님과 형님들의 죽음과 관련된 자들은… 태양회든 앙천이든 타이요우든… 설령 그가 신이라 할지라도 지옥을 보게 될 것이다.'

그의 시선이 옥상의 난간 너머 100여 미터 떨어진 곳의 주택을 향했다.

'편정호는 저들 대부분이 태룡회 소속의 조직원들이지만 일부는 정체를 파악할 수 없는 자들이라고 했다. 어떤 놈들일까?'

그는 개학 하루 전부터 자신을 감시하는 자들이 있다는 것을 눈치챘다.

그가 움직이는 동선을 따라 배치된 자들은 한둘이 아니었고, 솜씨도 녹록치 않아 전문가들임을 어렵지 않게 알 수 있었다.

그는 직접 움직이지 않고 편정호를 움직였다.

자신이 미끼가 되고 그것을 문 자들의 뒤를 편정호의 부하들이 추적한 것이다.

그를 감시하는 자들은 극도로 은밀하게 움직이려 노력했지만 일단 노출이 된 이상 편정호의 조직이 만든 그물 같은 추적망을 벗어나지 못했다.

누가 뭐래도 대전은 편정호의 텃밭인 것이다.

편정호는 이혁을 감시하는 자들의 아지트를 찾아냈고, 그들 대다수가 태룡회의 정예라는 것도 알아냈다. 하지만 그들을 누가 지휘하고 있는지는 파악하지 못했다. 그자는 집 밖으로 나온 적이 없었던 것이다.

'궁금해 할 필요가 있나. 어차피 잠시 후면 저절로 알게 될 걸.'

이혁이 직접 손을 쓰지 않고 편정호를 움직인 건 앞으로 어떤 식으로 움직일지에 대해서 확실하게 가닥을 잡지 못했기 때문이었다.

달리 말하면 지금 그가 움직이고 있다는 건 마음이 정해진 후라는 걸 의미했다.

이런 유의 일이라면 편정호보다 장석주와 '진혼'이 도움이 될 터였다. 하지만 이혁은 장석주에게 이야기를 하고 '진혼'과 보조를 맞추어 움직일 생각은 애초부터 염두에 없었다.

장석주는 '진혼'의 실질적인 수장이었다. 그리고 그로 인해 운신의 폭이 제한되어 있었다. 그와 보조를 맞춘다면 이혁은 뜻한 일을 제대로 할 수 없을 가능성이 컸다.

이혁의 입가에 서늘한 미소가 떠올랐다.

'먼저 눈에 띄는 놈들부터 차근차근 부숴주마. 하나씩 정리하다 보면 숨어 있던 놈들도 나를 노리고 움직이겠지. 밖으로 머리를 내미는 놈들은 그날이 너희들 제삿날이 될 것이다, 두더지처럼.'

장승처럼 서 있던 그의 모습이 짙은 어둠 속으로 녹아들 듯 사라졌다.

"강 너머의 삶에 미련을… 갖지 말자……."

그가 떠난 자리엔 낮게 가라앉은 목소리만 남았다.

"그런데 그 강이 루비콘이었나… 레테였나……? 책을 좀 읽긴 해야겠군……."

살아 있는 자들의 악몽이 최초로 나래를 편 밤이었다. 하지만 이 세상에서 아직 그것을 느낀 자는 아무도 없었다.

2층 단독 주택의 마당은 상당히 넓었다. 건물을 제외하더라도 30평이 넘는 듯했다. 하지만 검은 양복을 입은 건장한 체격의 사내들 십여 명이 두세 명씩 무리를 지어 건물 사방에 서 있는 탓에 마당은 꽉 차 보였다.

1층 마당에만 양복 사내들이 있는 것도 아니었다.

그들은 담배를 피워 물고 있거나 가벼운 잡담을 하고 있었다. 방만하고 흐트러진 듯한 모습이었지만 그건 겉모습 뿐이다.

건물의 전후좌우를 에워싸듯이 서 있는 그들의 눈을 피해 건물로 진입할 수 있는 방법은 없었고, 어슬렁거리면서 주기적으로 사방을 살피는 눈초리는 매처럼 날카로웠다.

2층 밖은 사람이 보이지 않았지만 평평한 옥상에는 난간 뒤쪽에 몸을 숨기고 있는 두 명의 사내가 있었다.

옥상의 사내들은 반대편에 있는 동료를 마주 보며 사각형을 이룬 난간의 모서리에 앉아 있었다.

대부분의 오래된 2층 양옥 주택들의 옥상 난간들이 그러하듯이 이 주택의 난간도 아래위로 긴 타원형의 구멍들이 규칙적으로 뚫려 있었다.

사내들은 난간의 양쪽 구멍으로 아래쪽을 보면 시야의 한계를 최소화할 수 있다는 것을 아는 자들이었다.

그들 중 한 명이 갑자기 어깨를 움찔하더니 몸을 확 돌려 뒤를 돌아보았다. 하지만 잠시 후 그는 고개를 갸웃거렸다.

"이상하다……."

반대쪽에 있던 사내가 작은 목소리로 물었다.

"너, 왜 그래?"

어둠이 내린 후여서 작은 목소리임에도 맞은편 사내가 알아듣는 데는 무리가 없었다.

질문을 받은 사내가 대답했다.

"등골이 서늘한 게, 꼭 누가 내 뒤에 서 있는 거 같아서……."

맞은편 사내가 피식 웃었다.

"그랬으면 내 눈에 벌써 띄었겠지."

다른 사내도 웃으며 고개를 끄덕였다.

"맞아. 요새 스트레스를 많이 받아서 신경이 좀 예민해진 거 같다."

"여기까지 올 놈은 없어. 온다 해도 우리가 끼어들고 어쩌고 할 틈도 없이 아래층에서 정리할 거고. 그러니까 여유를 갖자고."

그 말을 들은 사내는 싱긋 웃으며 다시 시선을 난간 밖으로 돌리려 했다.

그 순간 그의 뒤쪽 어둠 속에서 소리 없이 다가온 손길이 그의 뒤통수를 한 번 슬쩍 짚었다.

그것이 끝이었다.

사내의 움직임이 벼락이라도 맞은 사람처럼 딱딱하게 굳었다. 그리고 그의 몸이 스르르 뒤로 넘어가며 난간에 등을 대었다가 바닥으로 미끄러지듯 쓰러졌다.

맞은편에 있던 사내는 눈을 부릅떴다.

그는 눈앞에서 동료가 바닥에 쓰러지는 것을 보면서도 순간적으로 어떤 일이 일어났는지 이해하지 못했다.

그의 시야에 들어오는 사람은 동료뿐이었기 때문이다. 하지만 사내의 얼굴에서 어리둥절한 기색은 곧 사라졌다.

이곳에 있는 사내들은 조직 내에서 정예로 인정받는 자들이었다.

아무것도 보이지 않는다고 해도 방금 전까지 멀쩡하던

동료가 말 한 마디 하지 못하고 눈앞에서 쓰러졌다.

반응이 어중이떠중이와 같을 수는 없었다.

그는 허리춤에서 30센티 길이의 칼을 꺼내며 소리를 지르려 했다.

"침⋯⋯."

하지만 그의 말은 입 밖으로 새어 나올 기회를 잡을 수 없었다.

그의 발밑에서 일어난 어두운 그림자가 그의 목젖을 번개가 무색할 속도로 눌렀기 때문이다.

"커⋯ 커⋯ 컥!"

억눌린 신음과 함께 사내의 눈이 흰자위만을 드러내며 뒤로 돌아갔다.

이혁은 앞으로 고꾸라지려는 사내의 상체를 잡아 난간에 슬며시 기대어놓았다.

그는 서서 마당을 내려다보았다.

옥상이 그에게 장악당했다는 것을 모르는 사내들은 밖을 경계할 뿐 안쪽으로는 시선을 주지 않았다.

간혹 옥상을 올려다보는 사내들도 있긴 했지만 그를 발견한 자는 없었다.

이혁은 마치 어둠 그 자체이기라도 한 듯 밤의 그늘 속에 완벽하게 숨어 있었다.

무영경 이십사절 중 암향무영(暗香無影)이라는 무예로

이 수법은 한 줌의 어둠이라도 있으면 그에 동화되어 몸을 숨길 수 있는 은신술의 정화였다.

암향무영의 단점은 움직이면 어둠과의 동화가 깨진다는 것이었다. 하지만 그 단점을 상쇄하기 위해 다른 무예들이 존재했다.

그들 중 하나가 사신암행이었다.

움직일 때 기척과 기세를 숨기는 사신암행과 어둠과 동화되는 암향무영이 밤에 펼쳐지면 그것을 막는 것은 물론이고 알아차릴 수 있는 자조차 이제까지 존재한 적이 없었다.

아직 그는 두 무예의 성취가 높은 편은 아니었다. 그러나 지금은 사방이 어두운 밤이었다. 높은 경지를 필요로 하는 환경이 아닌 것이다.

그에게 이곳까지의 침투는 숨 쉬는 것보다 더 쉬웠다.

사방을 최첨단의 전자 감시 장치로 도배를 해놔도 막을까 말까 한 것이 그가 익힌 무영경의 침투술이었다.

이곳처럼 사람의 시각에만 의존하는 경계망은 그를 막을 수 없었다.

암왕사신류의 무영경 이십사절은 긴 세월 동안 침투술의 독보적인 경지를 개척해 왔고, 그것을 아는 적들에게 공포라는 이름으로 각인된 절대적인 무예였다.

난간을 짚은 이혁의 몸이 마치 구렁이가 담을 타 넘어가는 것처럼 난간 밖으로 나가더니 벽에 달라붙었다.

손과 발을 벽에 붙인 그의 몸은 중력을 거스르기라도 하는 듯 아래로 떨어지지 않았다. 기척을 사신암행으로 죽이고 묘수장공을 펼쳐 2층으로 내려온 그는 몸을 낮추고 와룡천망을 펼쳤다.

실처럼 흘러나온 기의 흐름이 2층 주택 전체를 샅샅이 훑어갔다. 잠시 후 담장 안쪽의 상황이 손에 잡힐 듯 그의 마음에 그려졌다.

'2층에는 저 둘만 배치되었군. 건물 밖에 열두 명이 경계를 서고, 1층 작은 방에 한 명이 있고, 거실에 두 명이 있다. 번거롭지 않게 하려면 밖에 있는 자들부터 정리해야겠군.'

그는 소리 없이 정문의 반대편으로 넘어갔다. 그리고 한 번 더 난간을 넘었다.

건물 주변의 사방을 경계하는 자들은 세 명이 한 조를 이루고 있었다. 10분마다 시계 반대 방향으로 장소를 이동하며 경계지역을 바꿨다. 한 곳만 오래 경계하면 자신도 모르게 긴장이 풀어지는데 그것을 방지하기 위한 조치였다.

중앙에 있는 자가 담장을 보고 다른 두 명은 좌우를 경계했다.

체격들이 건장했고 몸놀림이 가벼운 자들이었다.

그들은 지루하다는 듯 가끔 하품을 했고, 짜증난다는 얼굴로 담배를 피워 무는 자도 있었다. 대전에 내려온 후 고딩 하나 쫓아다녔던 것 외에는 아무 일도 일어나지 않았다. 그런 날들이 계속되는 데도 경계는 서야 했다. 짜증이 날 수밖에 없는 것이다.

왼쪽에 있던 자가 담배꽁초를 구둣발로 비벼 끄며 입을 열었다.

"애들이 그 미친갠지 똥갠지 하는 고딩 새끼 아직도 찾지 못한 모양이야."

중앙에 있던 자가 말을 받았다.

"곧 찾겠지. 뛰어야 벼룩 아니겠냐."

"그래야 되는데 말이야. 형님이 너무 저기압이라 숨도 쉬기 힘들다, 씨발……."

"그러게."

누가 들을까 작은 목소리로 말을 하던 그들의 대화가 어느 순간 뚝 끊겼다. 좌우에 있던 자들의 목소리가 갑자기 들리지 않자 중앙에 있던 자가 고개를 돌렸다.

그는 눈을 찢어질 듯 부릅떴다.

좌우에 있던 자들은 입과 코에서 피를 뿜으며 지면으로 널브러지는 중이었다.

그리고 그는 보았다.

그들이 등지고 있던 벽의 어둠 속에서 튀어나온 검은 연기 같은 무언가가 바람처럼 자신의 가슴을 눌러오는 것을.

그 속도는 믿을 수 없을 정도로 빨라서 피하고 말고 할 틈도 없었다.

푸학!

입에서 피를 분수처럼 뿜어내며 그는 힘없이 무너져 내렸다.

정면으로 싸웠다면 이렇게 쉽게 쓰러질 자들이 아니었다. 이기는 건 이혁이겠지만 적어도 두세 번은 손발을 움직이고 나서야 그들을 쓰러뜨릴 수 있었을 것이다.

아직 완성까지는 먼 길이 남아 있는 암왕사신류의 무예였지만 어둠 속에서 그 위력은 실로 무시무시했다.

쓰러진 사내들을 내려다보는 이혁의 눈빛은 무심했다.

사내들은 죽지 않았다. 하지만 더는 암흑가의 조직생활을 하는 건 불가능했다.

암왕사신류의 무영경 이십사절 중에는 상대의 정신과 육신을 효과적으로 파괴하는 수법들이 포함되어 있었다.

이혁이 사용한 건 단심루(丹心淚)라는 것으로 고대의 고문수법인 분근착골과 착골수혼에 내가중수법을 더해 만들어진 무예였다.

이혁은 단심루를 이용해 그들의 심장 부위 경락을 뒤틀어놓았다. 일정 이상의 힘을 사용하려 한다면 그들의 심장은 금방이라도 터질 것처럼 뛰게 될 터였다. 그 과정에 찾

아드는 고통 또한 그들에게 죽음보다 더한 두려움을 선사
할 것이다.

이상윤은 손목의 시계를 보며 이를 악물었다.

이혁이 한밤중에 밖으로 나왔다는 연락을 받은 후 쾌재
를 불렀던 그였다. 이혁을 낚아채기에 좋은 기회라고 생각
했기 때문이었다. 하지만 처음의 기대는 짜증과 분노만을
남겼다.

이혁을 찾고 있는 부하들에게서 아직도 원하는 연락이
오지 않고 있는 것이다.

목이 탄 그는 탁자 위에 놓인 생수병을 집어 들었다. 병
안에 물이 남아 있지 않다는 것을 안 그는 눈살을 찌푸렸
다.

연락을 기다리는 동안 어느새 물을 다 마셔 버린 것이
다.

"태주야!"

그는 큰소리로 거실에서 대기하고 있는 부하를 불렀다.

곧 그가 부른 소리를 듣고 박태주가 문을 열고 들어서리
라고 생각했지만 시간이 흘러도 서재 문을 열고 들어서는
자는 없었다.

그의 안색이 변했다.

거실에서 대기하고 있는 박태주와 김익호는 오랫동안 그

의 수족이 되어 움직였던 자들이었다.

그들은 누구보다 그의 성질을 잘 알고 있어서 그의 부름을 무시한다는 건 상상도 할 수 없는 일이었다.

그는 자리에서 일어서며 뒤춤에 꽂아두었던 두 자루의 사시미를 꺼내 손에 쥐었다.

형광등 조명을 받은 날이 음산한 푸른빛을 발하는 그 칼들은 그에게 칼새라는 별명을 갖게 해준 장본인들이었다.

조심스럽게 문으로 접근한 그는 문고리를 잡고 천천히 돌렸다. 그리고 살짝 밀자 문이 소리 없이 5센티미터쯤 열렸다.

문틈 사이로 거실이 보였다.

칼을 잡은 이상윤의 손에 저절로 힘이 들어갔다.

박태주와 김익호는 눈을 꼭 감은 채 코와 입에서 피를 흘리며 바닥에 아무렇게나 널브러져 있었다. 한눈에 보아도 정신을 잃었다는 걸 알 수 있었다. 그리고 상태가 심상치 않은 듯 기절한 그들의 안색은 시체처럼 창백했다.

하지만 이상윤을 긴장시킨 건 그들이 아니었다.

그는 거실의 소파에 앉아 있는 장신의 남자와 눈이 마주쳤던 것이다.

낯이 많이 익은 남자였다. 그럴 수밖에 없었다. 사진으로 질리게 본 얼굴이었다.

"이⋯ 혁⋯⋯?"

이상윤의 자신도 모르게 그 남자의 이름을 입에 올렸다.

이혁은 피식 웃었다.

"많이 놀란 모양이군. 그래도 미안해 할 필요는 없겠지? 쥐새끼처럼 그러고 있지 말고 이리 나오지 그래?"

이상윤의 눈가에 살기가 떠올랐다.

그는 소싯적 뒷골목을 전전할 때를 제외하고 그에게 저런 식의 말투를 사용하는 자를 만나본 경험이 없었다.

그를 무시했던 자들은 최소한 병신이 되어 암흑가를 떠났다. 죽은 자들도 여럿이었고.

그는 문을 열고 거실로 나섰다.

그는 걸음을 옮기며 입을 열었다.

"눈치도 있고, 배포도 큰 놈이군."

"공치사는 필요 없고. 너, 누구냐?"

이혁의 질문을 받은 이상윤의 얼굴에 비웃음이 떠올랐다.

"내가 누군지도 모르고 여기까지 온 거냐?"

이혁은 눈살을 찌푸렸다.

"맞기 전에 불지?"

이상윤의 눈이 섬뜩한 살기로 물들었다.

"네놈 배를 갈라 간이 얼마나 크기에 말투가 그렇게 천둥벌거숭이 같은지 확인해 봐야겠다!"

이혁은 서늘하게 웃으며 천천히 자리에서 일어섰다.

"능력이 있다면 그러시든지!"

*　　　*　　　*

인천 차이나타운의 골목 안쪽에 자리 잡고 있는 주택가.

거실 문을 열고 들어선 적무린은 적운기를 향해 고개를 숙여 인사했다.

편한 잠옷 바람으로 앉아 있던 적운기는 고개를 끄덕여 인사를 받았다.

"무슨 일이기에 새벽부터 나를 찾은 거냐?"

적운기의 말에 적무린의 눈빛이 날카로워졌다.

거실에 긴장된 분위기가 흘렀다.

적무린이 말문을 열었다.

"형님, 태룡의 서 회장이 행동대 정예들을 대거 이끌고 대전으로 내려갔다고 합니다, 그 때문에 대전 암흑가 분위기가 뒤숭숭하다는군요."

적무린의 말에 허리를 세운 적운기는 미간을 좁히며 되물었다.

"서복만이 대전엘?"

"예."

"왜?"

질문에 대한 대답을 이미 준비해 놓은 듯 적무린은 여유 있는 표정으로 입을 열었다.

"어제 자정 무렵 대전병원 응급실에 반병신 수준의 중상을 입은 열일곱 명의 환자가 무더기로 실려왔습니다. 모두 전신에 문신이 있는 조직폭력배풍의 남자들이었습니다. 소식을 듣고 선이 닿는 곳에 알아보니까 그중 열한 명이 태룡회의 행동대 정예였습니다. 나머지는 태룡회 소속이 아니라 칼새 이상윤이라는 자를 따르는 자들이었고요."

잠시 한 템포 쉰 적무린은 적운기의 눈에 떠오른 호기심을 볼 수 있었다.

"이상윤이 누구야? 그리고 그건 어떻게 안 거냐?

적운기의 질문을 받은 적무린은 싱긋 웃으며 대답했다.

"이상윤은 프리랜서 해결사로 이 나라의 암흑가에서 상당한 인지도를 갖고 있는 자라고 합니다. 칼새라는 별명은 그의 칼솜씨에서 유래된 것이고요. 그는 10여 년간 주로 상산파와 태룡회의 청부를 받고 일을 해온 것으로 알려져 있습니다. 그자도 환자 중에 포함되어 있어서 파악이 빨랐습니다. 아주 만신창이라더군요. 팔다리의 신경이 모두 끊어졌고, 척추와 경추가 으스러져서 말도 못하고 손가락 하나 움직이지 못하는 상태가 죽을 때까지 계속될 거라는 진단이니 산송장이나 다름없는 신세죠."

적무린의 눈빛이 차갑게 번뜩였다.

"태룡회 정예와 함께 있었다고 했지? 서 회장도 대전으로 내려갔고… 그럼 그 칼새라는 자가 서 회장의 청부를 받고 일을 하고 있었다는 거로구나. 주진방은 후지와라와 유성회를 연결한 게 태룡의 서 회장으로 추정된다고 했었지…….”

조용하게 전후사정을 짚어나가던 그가 눈살을 찌푸렸다.

“이상하군. 맥락을 보면 칼새라는 자도 전시관 사건과 관련된 자들을 조사하고 있었던 듯한데, 그런 칼잡이 정도에게 일을 맡길 만큼 서 회장이나 배후의 태양회가 사람이 없었나? 사안의 중요성에 비하면 현장에서 일을 한 자의 무게가 너무 떨어지지 않느냐?”

적운기의 의혹은 자연스러웠다.

전시관 사건을 주목하고 있는 세력은 사조직이든 국가든 철저하게 훈련된 정예들이었다.

유명세가 있다고 하더라도 암흑가의 칼잡이 정도가 이 판에 뛰어드는 건 자살행위라는 걸 서복만이나 태양회가 모를 리 없는 것이다.

적무린이 고개를 끄덕였다.

“저도 그 부분은 이해하기가 쉽지 않습니다. 하지만 지금 중요한 건 그자의 신분 같은 게 아닙니다, 형님.”

적운기도 고개를 끄덕였다.

“네 말이 맞다. 그건 천천히 알아도 상관없는 일이지.”

적무린을 향한 그의 눈빛이 강해졌다.

"그자들을 폐인으로 만든 게 누구인지는 확인이 된 거냐??"

"그건 아직… 하지만 정보가 들어온 직후부터 주진방이 전력을 다해 손을 쓰고 있으니 곧 좋은 소식이 있을 겁니다."

"만약 어젯밤의 일이 전시관 사건과 관련이 있다면 다른 조직들도 바쁘게 움직일 것이다. 방심하면 안 된다."

"최선을 다하겠습니다, 형님."

적운기는 일어났다.

"우리도 내려가자."

적무린의 조각처럼 잘생긴 얼굴에 미소가 떠올랐다.

"그러실 것 같아서 이미 차를 준비해 놓으라고 했습니다."

적운기의 얼굴에도 미소가 번졌다.

그는 적무린의 어깨를 툭툭 두드리며 걸음을 옮겼다.

*   *   *

이혁은 채현과 미지의 뒤를 따라 버스에서 내렸다. 학교로 향하는 길엔 교복을 입은 학생들로 가득 차 있었다.

채현과 미지는 뭐가 그리 재미있는지 쉴 새 없이 수다를 떠느라 이혁이 있는 뒤쪽으로는 시선도 주지 않았다.

이혁은 속으로 가볍게 웃었다.

몇 달 전 그의 교실을 찾아온 미지를 처음 보았을 때 채현이 지었던 표정이 불현듯 떠올랐던 것이다 .

이혁은 두 사람이 서로를 처음 보았을 때 이렇게 친한 사이가 될 거라고는 생각도 못했다. 그녀들이 친해지게 된 건 미지가 하숙집으로 옮긴 이후였다. 매일 얼굴을 보면서 냉정하게 거리를 유지할 만큼 채현은 독하지 못했다. 미지는 본래 맺힌 데가 없는 쿨한 성격이었고.

두 사람의 긴 생머리에 무심한 시선을 던지며 이혁은 생각에 잠겼다.

'이상윤은 이소영이 갖고 있었던 물건을 찾고 있었지만 그 물건이 정확하게 어떤 것인지는 모르고 있었다.'

그는 지난밤 이상윤에게서 들었던 말들을 하나씩 곱씹듯 떠올렸다.

이상윤은 놀라울 만큼 인내심이 강했다. 그러나 그는 상대를 잘못 만났다. 그는 이혁의 무자비한 손길 아래서 10분도 채 버티지 못했다.

이혁은 단순히 그의 뼈를 부러뜨리고 살을 찢는 식의 무식한 방법은 사용하지 않았다. 마지막에는 신경줄을 뽑고 뼈를 부숴 재기불능으로 만들긴 했지만 그건 마무리였을 뿐이었다.

그는 단심루의 수법으로 이상윤의 장부와 경락을 거의

해체시키다시피 했다. 이상윤은 천천히 진행된 그 과정을 10분도 견디지 못했던 것이다.

'누나는 이상윤이 청부업자라고 했었다. 하지만 그 정보는 잘못된 것이었어. 그자는 해결사 노릇을 하는 것처럼 보일 뿐 실상은 태양회가 외부에 두었던 히트맨이었다.'

그의 눈빛이 깊게 가라앉았다.

'그자는 '진혼'이 파악한 태양회의 조직원 명단에 없는 자였어. 그래서 누나도 그자를 청부업자 정도로 알고 있었던 것이고. 수년 전 '진혼'과의 싸움에서 큰 타격을 입었다고 했는데도 조직과의 연결고리가 드러나지 않은 이상윤과 같은 자를 운용할 수 있다는 건… '진혼'이 알고 있는 건 태양회의 일부에 불과할지도 모른다.'

그의 입가에 쓴웃음이 떠올랐다.

'어쩌면 그게 당연한 일일지도… 해방 후 60여 년이나 이 나라의 정치경제사회문화 전반에 걸쳐서 막강한 영향력을 행사했다는 자들의 조직이니까.'

그는 옆구리에 낀 가방을 추슬렀다.

속이 텅 빈 가방이지만 어슬렁거리는 그의 걸음 때문인지 자꾸 뒤쪽으로 삐져나가려 했다.

'그건 그렇고… 웃기는 일이야. 서복만은 자신이 가장 신임하고 있는 자가 태양회 소속이라는 걸 알고는 있을까?'

폐인이 되기 전 이상윤은 마침내 자신이 알고 있는 가장 중요한 기밀을 실토했다. 그것은 그에게 지시를 내리는 태양회 직상급자의 이름과 신분이었다.

이상윤에게 들은 대로라면 태양회의 초급 간부급부터는 위아래 상하급자의 정체밖에 알지 못했다. 철저하게 점조직으로 운영되고 있는 것이다.

그래서 이상윤도 조직의 상부자들에 대해서는 아는 것이 많지 않았다.

'할아버님이나 누님에게 물어보면 태양회의 내부 사정을 더 많이 알 수 있겠지만… 그러면 아마도 그분들은 내 발에 족쇄를 채우려 할 거야, 쩝.'

이혁은 속으로 혀를 찼다.

'진혼'의 수장인 강수찬은 이혁에게 태양회를 비롯한 비밀세력을 알려주었지만 그들의 내부사정에 대한 정보는 알려주지 않았다. 그를 싸움에 투입하는 건 시기상조라고 생각했기 때문이었다.

강수찬이 바란 건 이혁이 태양회를 비롯한 외부세력들이 존재하고 있음을 알고 그들에게 신분을 드러내지 않는 것이었다. 그래서 이혁이 스스로를 안전하게 보호하는 게 목적이었다.

이혁이 그들과 전면전을 벌이는 건 그의 의중에 있던 일이 아니었다.

'풀을 건드려 놨으니 어느 뱀이 먼저 머리를 내미나 두
고 보자.'

그때 오른쪽 바지 호주머니가 진동을 했다.

이혁은 휴대폰을 꺼내 들었다.

액정 화면에 떠 있는 이름은 편정호였다.

이혁은 수신 버튼을 눌렀다.

[좀 살살하지!]

대뜸 소리부터 지르는 목소리의 주인은 편정호였다.

이혁은 막 귀에 가져갔던 휴대폰을 멀리 떼어냈다.

고막이 둥둥 울릴 정도로 편정호의 목소리는 컸고 흥분
한 기색이 역력했다.

이혁은 심드렁한 어투로 말을 받았다.

"죽은 놈이 없다는 걸 알지 않나?"

[어이가 가출하겠다. 안 죽이면 다라는 거냐? 열일곱 명
이나 병신이 됐는데? 더구나 칼새는 밥숟가락 놓기 직전이
고?]

이혁에게 이상윤이 머무는 주택을 알려준 게 편정호였
다. 그리고 이혁의 연락을 받고 부하에게 119에 신고하도
록 지시해서 이상윤 무리를 병원으로 후송시킨 것도 그였
다.

"죽이려다가 참은 거야."

[허······.]

편정호는 말문이 막힌 듯 침묵했다.

잠시 후 그가 다시 말했다.

[어쩌다가 내가 너 같은 사이코패스 고딩과 인연을 맺었는지 모르겠다.]

"후회되면 지금이라도 그 인연 끊던가."

그가 통화하는 기척을 느꼈는지 미지와 채현이 동시에 뒤를 돌아보았다.

이혁은 싱긋 웃으며 별 전화 아니라는 손시늉을 했다. 대전에 그가 아침부터 통화할 사람이 누가 있는지 알 수가 없다는 생각에 고개를 갸웃하던 두 소녀는 이혁이 재차 손짓을 하자 신경을 끊고 다시 수다에 열중했다.

편정호의 목소리가 귓전을 두드렸다.

[말하는 본새하고는. 진짜 정떨어지겠구만.]

이혁은 씨익 웃으며 말을 받았다.

"정이 있었으면 떨어뜨려라. 사내놈하고 정붙일 생각 없다."

[내가 말을 말지…….]

투덜거리면서도 편정호는 말을 계속했다.

[서복만이 대전에 와 있어. 유성에 있는 리베로나 호텔이다. 서 회장 그림자라는 조정대 실장이 대전병원 응급실에 도착한 직후에 호텔로 들어서는 모습을 애들이 봤다.]

이혁의 눈빛이 서늘해졌다.

"네 정보력도 쓸 만하군."

[대전은 내 나와바리라니까 그러네.]

"인정."

짤막하게 말을 받은 이혁이 물었다.

"예전에 상산의 이자룡이 신임하는 놈 하나가 대전에 내려와 있다고 했었지?"

편정호의 대답은 금방 나왔다.

[그래. 이진욱이란 놈이 내려왔었다. 왜?]

"아직도 대전에 있나?"

[그런 걸로 알고 있다. 어차피 그놈이야 처음 내려올 때부터 데리고 온 머릿수도 많지 않았고, 움직임이 활발한 것도 아니어서 아무도 크게 주목하지 않았다. 큰일이 터졌다고 대전을 떠날 이유가 없었다.]

"이진욱을 찾아봐라."

[뭐 하려고?]

"협상."

편정호가 눈을 껌벅거리며 물었다.

[응? 무슨 협상?]

"너한테도 좋은 일이니까 오늘 중으로 자리를 만들어 줘."

[뭔데? 말해주면 안 되냐?]

"많이 알면 다친다."

[쌍······.]

들릴 듯 말 듯 작은 목소리.

"너, 지금 욕한 거냐?"

이혁의 목소리가 낮게 깔렸다.

[허걱··· 욕은 무슨··· 그냥 혼자 소리 한 거다.]

편정호는 고개를 빠르게 저으며 말했다.

어떻게 했는지는 몰라도 단신으로 이상윤을 비롯한 열일곱을 폐인으로 만든 사람이 이혁이다. 편정호는 이혁의 심기를 거스를 생각은 눈곱만치도 없었다.

이혁이 피식 웃으며 입을 열었다.

"이진욱을 만나기 전에 말해주지."

[기다리겠다.]

"알았다."

전화가 끊겼다.

휴대폰을 호주머니에 집어넣은 이혁은 보폭을 넓혔다. 앞서 가는 미지와 채현의 어깨 너머로 사비고의 정문이 보였다.

그가 정문으로 다가서자 후다닥 소리와 함께 그의 앞으로 뛰어와 허리를 꺾는 학생들이 있었다.

서너 명의 남학생은 합창하듯 소리를 질렀다.

"형님, 나오셨습니까!"

이상우와 김세욱 일당, 그리고 장익성이었다.

옆을 지나가는 학생들도 이혁을 돌아보며 분분히 고개를 숙여 인사했다.

'은행동의 삼백 대 일 격투'라는 이름이 붙어 떠도는 전설적인(?) 난장판 이후 사비고에서 이런 광경을 보는 건 드물지 않은 일이 되어 있었다.

거부감을 갖는 학생들도 거의 없었다.

이혁에게는 미친개라는 별명 말고도 하나의 별명이 더 생겨나 있었다.

'사비고의 수호신'이라는, 제정신 가진 사람이라면 도저히 민망해서 듣고 있을 수 없는 판타스틱한 별명이 바로 그것이었다.

은행동 난장판 이후 대전의 일진들은 사비고 교복만 봐도 고개를 돌렸다. 사비고 학생을 대상으로 삥을 뜯는 건 있을 수 없는 일이었고, 사소한 시비를 거는 학생조차 없었다. 그 모두가 이혁이 사비고 교복을 입고 있기 때문이라는 걸 모르는 학생은 없었다.

남영주가 이루기 위해 노력했던 꿈이 이혁으로 인해 완성된 것이다.

이런 상황이 얼마나 지속될지 알 수 없다는 게 함정이긴 했지만.

인사를 하느라 머리를 숙인 이상우 등의 정수리를 보는 이혁의 눈매가 쓸쓸해졌다. 시한부임을 알고 있기에 평온한 일상이 더 무겁게 느껴지는지도 몰랐다.

'귀여운 녀석들.'

그가 입을 열었다.

"들어가자."

"예, 형님."

고개를 든 김세욱이 잽싸게 이혁의 가방을 빼앗아 들었다.

미지와 채현은 이혁 무리(?)에서 떨어지기 위해 걸음을 빨리했다.

이혁을 중심으로 건들거리며 걸어가고 있는 저 무리에 섞여 걷는 건 상상만으로도 저절로 몸서리가 쳐지는 일이었다.

'쪽팔림'을 감당하기 어려운 것이다.

'사이코패스 고딩이라······.'

이혁은 편정호가 한 말을 생각하며 쓸쓸하게 웃었다.

사이코패스는 두려움을 느끼지 못하고 타인과의 공감능력도 결여되어 있는데다가 윤리나 법적 개념도 없고 충동적이며 감정조절을 하지 못하는 성격장애자를 뜻한다.

그런 의미에서 이혁은 분명 사이코패스가 아니었다.

그는 두려움도 느끼고 타인에 대한 인간적인 연민이나 애정도 느끼며 윤리, 법적 기준도 알고 있었다.

그러나 한 가지 면에 있어서 그는 사이코패스가 갖는 기질을 갖고 있었다.

그것은 적을 상대할 때의 냉혹함이었다.

그에게는 공포스러울 정도로 잔인한 면이 있었다, 적을 상대할 때만 드러나는.

그리고 이혁 자신도 그것을 잘 알고 있었다.

제9장

뒤로 북악산을 병풍처럼 끼고 있는 서울의 성북동.

집 한 채의 가격이 보통 30억 대를 넘는 이곳은 70년대 권력 핵심층이 거주하기 시작하면서 그들과 연관을 가진 기업가들이 하나둘 터를 잡았고, 수십 년의 세월이 흐른 지금은 이 나라 최고의 부촌이 된 지역이다.

정오의 태양이 뿜어대는 후끈한 열기로 가득한 주택가는 사람의 모습이 보이지 않았다. 어디를 다닐 엄두를 내기 어려운 날씨였다.

산기슭의 우거진 나무들 사이에 숨듯이 자리 잡고 있는 고급주택의 2층 거실에 앉아 전화기 너머에서 들려오는 말을 묵묵히 듣고 있던 사내의 얼굴에 어이없어하는 기색이 떠올랐다.

사십대 후반으로 보이는 사내는 상당한 거구였다.

키가 190센티는 될 법했고, 몸무게도 가뿐하게 100킬로를 넘어 보였다.

체구만 거구가 아니라 전신에서 풍기는 기세도 남달랐다.

어지간한 사람은 그의 앞에 서는 것만으로도 주눅이 들지 않을까 싶을 만큼 그의 기세는 강하고 거칠었다.

거구 사내는 강북의 밤을 지배하는 상산파의 주인 이자룡이었다.

어처구니없다는 얼굴로 그가 입을 열었다.

"그놈이 나를 내려오라 했다고?"

[…그렇습니다, 회장님.]

"허허허……."

이자룡은 헛웃음을 흘리며 말을 이었다.

"편정호라… 아마 대전 최고의 주먹으로 불린다는 젊은 놈의 이름이 그것이었던 것으로 기억하는데, 맞나?"

[그렇습니다, 회장님.]

전화기 너머에서 젊지만 굵고 힘 있는 음성이 그의 말을 받았다.

이자룡이 툭 던지듯 사내의 이름을 불렀다.

"진욱아."

[예, 회장님.]

"네가 그런 말을 내게 전하는 것에는 분명 이유가 있을 거야, 그렇지 않나? 아니라고 하지 마라. 실망하면 너를 죽일지도 모른다. 편정호 따위가 나를 내려오라고 하는 걸 듣고도 입을 찢어놓지 않고 내게 전하는 이유가 뭐냐?"

거실에 한 마리의 맹수가 나타나 으르렁거리는 듯 사나운 분위기가 몰아쳤다. 하지만 전화 상대자인 이진욱은 크게 긴장하지 않는 목소리로 대답했다.

[서복만 회장과 관련된 제안을 드릴 게 있답니다. 듣고 마음에 들지 않으면 자기 목을 쳐도 저항하지 않겠다는데요?]

이자룡은 거칠고 호탕한 성격이었고, 소심하고 말만 번지르르한 자들을 병적으로 싫어했다. 그리고 아끼는 부하들과는 격의 없는 대화를 즐겼다.

이진욱은 그가 가장 아끼는 부하 중의 한 명이었다. 하극상이 아니라면 어떤 것이라도 받아줄 수 있을 정도로 이진욱에 대한 그의 신임은 두터웠다.

이자룡이 조금 의외라는 기색으로 되물었다.

"편정호가 그렇게까지 말했다고?"

[예.]

"네 생각은?"

[편정호는 현재 무주공산이 된 대전의 넘버원이 될 가능

성이 가장 큰 자입니다. 서 회장의 심복이나 다름없던 유성회의 최일이 죽을 때까지 그를 압박했지만 그는 실종된 보스 김정근과의 의리를 포기하지 않았을 만큼 의리가 있고 허튼소리를 하지 않는 자로 유명합니다. 그런 자가 자기 목을 걸고 뵙자고 하는데 무슨 말을 하는지 정도는 한번 들어봐야 하지 않겠습니까?]

말이 많아지자 입안이 마른 듯 이진욱은 침을 삼킨 후 짧게 말을 맺었다.

[회장님도 서 회장이 대전에 내려온 거 아시잖습니까? 시기적으로 묘한 때입니다.]

잠시 대화가 끊겼다.

이자룡은 생각에 잠긴 눈으로 거실 밖의 정원을 바라보았다.

이진욱의 말은 권유의 형식을 띠고 있었지만 강권에 가까웠다. 그에 대한 이자룡의 신임이 얼마나 두터운지를 알 수 있는 말투였다.

일이 분 정도가 지난 후 그가 입을 열었다.

"대전에서 저녁이나 먹어야겠다. 시간 잡아라."

[예, 회장님.]

이진욱은 유쾌한 목소리로 말을 받았다.

이자룡은 수화기를 내려놓았다.

그의 눈에 흥미로워하는 기색이 떠올라 있었다.

"서 회장과 관련된 제안이라……."

입가에서 시작된 미소가 서서히 그의 얼굴 전체로 번져
갔다.

"그 내용이 무엇일지 기대가 되는군. 흐흐흐."

          *   *   *

대문 안에 들어선 후 조금씩 하얗게 탈색되던 윤성희의
얼굴빛은 거실로 들어오고 10여 분이 경과하자 완전히 시
체처럼 창백하게 변했다.

보다 못한 이수하가 윤성희의 팔을 잡으며 말했다.

"그만해. 그러다 쓰러지겠어."

윤성희는 힘없이 웃으며 소파에 털썩 주저앉았다.

"그렇지 않아도 쓰러질라 그랬어."

이수하는 윤성희의 앞에 서서 거실을 둘러보았다.

거실은 놀라울 만치 깔끔했다.

이 주택에서 사람들을 병원으로 후송했던 구급대 요원은
후송된 자들 중 세 명은 거실에 쓰러져 있었다고 진술했다.
그 이후 수사본부 소속의 형사들이 현장을 조사했다고는
하지만 거실은 발자국만 어지러울 뿐 작은 집기 하나 흐트
러져 있지 않았다.

이수하도 수사본부 소속이기에 새벽녘 이곳을 조사했었

다. 덕분에 그녀에게 이 주택의 광경은 낯설지 않았다.

슥슥슥.

거실을 돌아보던 이수하는 펜이 종이를 스치는 소리에 시선을 내렸다.

윤성희가 수첩에 무언가를 그리고 있었다.

난삽하게 보이던 선들이 어느 정도의 시간이 지나자 형태를 갖추기 시작했다.

어떤 남자의 전신이었다.

바쁘게 펜을 놀리며 윤성희가 말문을 열었다.

"공격자는 단 한 명이었어."

이수하는 윤성희가 지닌 능력을 알고 있었다.

두 사람은 대학 시절 잠시도 떨어지지 않을 정도로 친했던 친구여서 윤성희는 눈치가 비상하게 빨랐던 이수하에게 능력을 감출 도리가 없었다.

이수하가 물었다.

"인상착의는?"

"흐릿해. 무역전시관 안에서 보았을 때와 비슷해. 심상에 나타난 모습을 보면 이곳을 공격한 사람은 전시관의 복면인이야. 동일인이라는데 오백 원 걸겠어!"

"흐릿하다면서 그림은 왜?"

윤성희가 고개를 들어 이수하를 보며 생긋 웃었다.

"두 번째잖아. 몽타주를 정확하게 그릴 수는 없긴 하지만 몇 가지 특징들은 확실해졌어."

삼분의 이쯤 완성된 그림을 내려다보며 그녀가 말을 이었다.

"전시관을 둘러보고 나서 한 가지 가설을 세웠었는데, 아무래도… 그게 맞는 거 같아."

"가설? 어떤?"

이수하가 궁금하다는 기색을 숨기지 않으며 물었다.

윤성희가 다시 펜을 놀리며 대답했다.

"전시관 복면인은 무협소설 수준의 무공을 익힌 고수인 거 같아."

"그게 무슨 황당무계한 소리야?"

"그렇지 않다면 녹화된 동영상 속의 움직임이나 내가 이곳에서 본 그의 능력, 그리고 병원에 입원해 있는 자들의 몸에 새겨진 상처들을 해석할 수 없거든."

"…너 지금이 21세기라는 거 알고는 있는 거야?"

"내가 어떤 초상능력을 갖고 있는지 알잖아. 세상의 이면은 보통 사람들이 알고 있는 것과는 많이 다르다고, 친구."

웃음 섞인 윤성희의 말에 고개를 휘휘 젓던 이수하의 몸짓이 한 순간 정수리에 벼락이라도 맞은 사람처럼 뻣뻣해졌다.

그녀의 두 눈은 윤성희가 수첩에 그린 사람의 모습에 고정되어 있었다.

'혀… 혁?'

*　　　*　　　*

유성구에 있는 테라나이트 클럽의 무대 뒤쪽에는 허락된 몇 명만이 들어갈 수 있는 비밀스런 방이 있다.

이자룡과 이진욱을 안내한 사내는 방의 문을 열어주고는 한 걸음 뒤로 물러서며 고개를 숙였다.

"들어가시죠. 형님이 기다리고 계십니다."

7, 8평가량 되는 방의 중앙에는 반투명한 장방형의 유리탁자와 의자들이 놓여 있었다. 의자에 앉아 있던 사내가 자리에서 일어서며 허리를 숙였다. 뒤에 서 있던 장신의 사내도 함께 허리를 숙였다.

편정호와 이혁이었다.

편정호가 허리를 펴며 말문을 열었다.

"먼 길 오시느라 고생하셨습니다, 회장님. 편정호라고 합니다."

이자룡은 싱긋 웃으며 말을 받았다.

"자네가 새로운 대전의 주인이로군. 이자룡일세."

"제가 올라가서 인사를 드려야 하는 게 예의라는 걸 압니다만 상황이 여의치 않아 시골로 모시게 되었습니다. 회장님께서 너른 마음으로 양해해 주셨으면 합니다."

편정호의 말을 들으며 이자룡은 상석에 앉았다. 이진욱은 그 뒤에 손을 앞으로 모으고 서서 편정호와 이혁에게 시선을 고정했다.

단정하게 차려입은 아가씨가 쟁반을 들고 들어왔다. 그녀는 편정호와 이자룡 앞에 잔을 조심스럽게 내려놓고 나갔다. 하지만 편정호도 이자룡도 잔에는 손가락도 대지 않았다.

이자룡은 묵묵히 편정호의 눈을 바라보았다.

편정호는 그 시선을 피하지 않았다.

2, 30초 동안 두 사람은 마치 눈싸움이라도 하는 것처럼 상대를 바라보기만 할 뿐 입을 열지 않았다.

먼저 침묵을 깬 건 이자룡이었다.

그가 육중한 목소리로 입을 열었다.

"내가 말을 빙빙 돌려 말하는 사람을 무척 싫어한다는 걸 알고 있나?"

"예."

"좋군. 묻지. 나를 보자고 한 이유가 뭔가?"

편정호도 이자룡만큼이나 직설적인 성격이다.

그는 이자룡의 질문을 피하지 않았다.

"서복만 회장을 은퇴시켜 드리겠습니다."

이자룡의 눈빛이 불을 뿜을 것처럼 강렬해졌다. 그러나

그 빛은 곧 사라졌다. 그는 여유로운 몸짓으로 커피잔을 들어 한 모금을 입에 물었다. 잠시 찻물을 입안에서 돌리던 그가 잔을 놓으며 입을 열었다.

"황당한 얘기로군. 가능하다고 생각하나?"

표정과 음성의 톤이 너무 평온해서 편정호는 이자룡이 어떤 생각을 하는지 짐작하기 어려움을 느꼈다.

편정호는 이자룡과 수싸움을 해야 했다면 상대하기 쉽지 않았을 것이라는 것을 인정할 수밖에 없었다. 거리의 껌팔이부터 시작해서 오늘의 상산파를 이룩한 이자룡은 확실히 남다른 품격을 지닌 자였다.

하지만 굳이 그의 내심을 읽을 필요가 없기에 편정호는 이자룡의 기색을 파악하려는 본능을 억눌렀다.

이자룡을 직접 상대하는 건 그였지만 모든 그림을 그린 사람은 경호원을 가장해 뒤에 서 있는 이혁이었으니까.

그는 이 자리에 오기 전 이혁이 시킨 대로만 하면 되는 것이다.

편정호는 이자룡의 눈을 똑바로 마주 보며 대답했다.

"불가능하다고 생각했다면 제가 어떻게 회장님을 이 자리까지 모셨겠습니까. 회장님께서 고개만 끄덕여 주신다면 서복만 회장은 이 밤이 가기 전 은퇴하게 될 겁니다. 서 회장 제거에 상산의 지원은 필요 없습니다. 순수하게 저희 독자적으로 일을 진행할 겁니다. 그러니 제가 실패한다고 해도 회장님께서는 손해 보실 게 전혀 없습니다."

맞는 말이었다.

나선 적도 없으니 책임질 일도 없는 것이다.

"실패하면 자네의 조직이 공중분해 되는 건 물론이고 자네도 살 수 없을 걸세. 성공해도 서복만의 배후에 있는 자들이 자네를 그냥 두지 않을 것이고. 그런 위험을 감수하겠는 건 그만큼 얻을 대가가 크기 때문이겠지. 내게 무엇을 원하는가?"

"말씀하신 후폭풍의 차단과 나아가 대전의 독립입니다."

이자룡의 눈빛이 깊어졌다.

"나로부터도 말인가?"

"그렇습니다, 회장님."

"꿈이 크군."

"저도 남자니까요."

몇 분 동안 이자룡의 입술은 열리지 않았다.

'이 시골뜨기 녀석이 서복만의 뒤에 누가 있는지 알고 이런 말을 하는 걸까?'

그는 갈등했다.

서복만이 제거된다면 서울의 밤을 통일하는 건 불가능한 일이 아니었다.

태룡의 전투력 수준이 뛰어나긴 하지만 암흑가의 조직은 그 특성상 머리가 제거되면 그 힘을 100퍼센트 발휘하지 못한다.

이익으로 뭉친 집단이기에 서복만이라는 지배자가 없어지면 이전투구에 의한 권력투쟁은 필연적으로 벌어질 수밖에 없고, 그 혼란은 상산파의 기회가 될 터였다.

장고에 잠겼던 그가 입을 열었을 때 그의 기세는 아까와는 확연하게 달라져 있었다.

맹수가 숨겨놓았던 발톱을 드러낸 것처럼 사나운 분위기가 밀실을 휘감았다.

그가 말했다.

"대전의 독립은 어려운 일이 아닐세. 하지만 후폭풍의 차단은 쉽지 않아. 나라 해도 그 전부를 막아줄 수 있다고 장담은 할 수 없네."

"최선을 다해주시면 그것으로 족합니다. 나머지는 제가 처리합니다."

편정호의 반응은 바로 나왔다.

마치 이자룡이 그렇게 말할 줄 알고 있기라도 했던 듯했다.

이자룡이 조금 굳어진 얼굴로 물었다.

"디데이는?"

"오늘 밤입니다."

"그렇게 빨리?"

"내일 해가 뜰 때 회장님은 바뀐 세상을 보실 수 있을 겁니다."

이자룡은 자리에서 일어나 편정호에게 오른손을 내밀었다.

편정호는 공손하게 그 손을 마주 잡았다.

이자룡이 말했다.

"기대하겠네."

편정호는 싱긋 웃으며 고개를 숙였다.

협상은 끝났다.

차창 밖으로 보이는 가로수가 휙휙 뒤로 물러났다.

드르르륵. 드르르륵.

휴대폰이 쉴 새 없이 진동했다.

뒷좌석에 앉아 멍하니 창밖을 보고 있던 편정호가 이혁의 손에 들린 휴대폰에 힐끗 눈길을 돌리며 말했다.

"좀 받지?"

"신경 꺼."

"누군데?"

이혁의 눈매가 일그러졌다.

그의 손바닥이 덮고 있는 액정에는 '이수하'라는 이름이 휴대폰과 함께 온몸을 떨고 있었다. 그는 들릴 듯 말 듯한 탄식과 함께 편정호의 말을 받았다.

"신경 끄라니까."

이혁의 어투가 살짝 공격적으로 변한 것을 느낀 편정호는 더 이상 묻지 않았다. 사실 크게 관심도 없었고. 무엇보다도 지금은 이자룡 회장에게 한 말 때문에 골이 빠개질 것 같은 상태였다.

그가 말했다.

"그러지 뭐… 그런데 네가 시키는 대로 이자룡 회장을 상대하긴 했는데, 뭘 어쩔 생각인 거냐? 상대는 태룡의 서복만이야. 동네 양아치가 아니라구."

"네 눈에 서복만이 어떻게 보일지 모르겠지만 내게는 10여 년 동안 등 따숩고 배부르게 살아온 군살 붙은 아저씨일 뿐이다."

별 긴장감이 느껴지지 않는 심드렁한 말투다.

편정호는 혀를 내둘렀다.

"하. 하. 하… 이럴 땐 네 배포가 크다고 해야 하는 거냐, 아니면 하늘 높은 줄 모른다고 해야 하는 거냐?"

"둘 다 맘에 안 들어. 냉정하다고 해주라."

"그렇게 생각하려고 노력 중이지만 그게 잘 되질 않아서 말이야."

휴대폰의 진동이 멎었다.

이혁은 편정호를 향해 고개를 돌렸다.

"내일부터 바빠질 거다. 애들 준비시켜 놔."

담담한 어투지만 말의 의미는 작지 않았다.

편정호의 얼굴이 긴장으로 뒤덮였다.

"정말 성공할 수 있는 거냐?"

이혁은 눈살을 찌푸렸다.

"의심은 접어둬. 내가 같은 말 반복해서 듣는 취미 없다는 거 이제는 알 때도 되지 않았나?"

"내가 속한 세계에 쓰나미가 몰려올 일이다. 확인하지 않을 도리가 없잖냐."

"내가 실패하면 그냥 넌 네가 살던 대로 살면 된다. 나볼일도 더 이상 없을 거고. 성공하면 대전은 확실하게 너의 텃밭이 된다. 성공하든 실패하든 네가 피해 볼 일은 없어."

"혀튼… 말본새하고는… 이 판국에 내가 널 없는 놈으로 치부하고 살 수 있을 거라고 생각하는 거냐? 네가 잘못되면 내 평생 목표는 서복만을 죽이는 게 될 거다."

진지한 얼굴이다.

이혁은 눈을 껌벅였다.

그는 편정호가 자신에게 이런 말을 할 거라고는 생각지도 못했다.

편정호는 묵직한 목소리로 말을 이었다.

"네가 건달을 좋지 않게 생각하는 건 안다. 하지만 나, 건달이기 이전에 사내새끼야. 손발 맞추던 놈이 먼저 명줄 놓았는데 나 몰라라 하고 사는 건 내 취향이 아니라고."

이혁은 몸을 부르르 떠는 시늉을 했다. 그러면서 손끝으로 팔뚝을 긁어댔다.

"네 입에서 그런 말을 듣게 될 줄이야. 닭살 돋았다."

편정호의 어깨가 축 처졌다.

"혁튼, 너란 놈하고는… 진지한 대화가 안 돼."

이혁은 창밖으로 시선을 돌리며 말을 받았다.

"남자하고 진지한 대화 나누는 취미 없다."

"그래그래. 내가 그 취향 존중해 주마. 그렇다고 여자와 정분나지도 못하는 놈이 말은… 씨부럴……."

들릴 듯 말 듯한 편정호의 투덜거림을 한 귀로 흘리며 이혁이 말했다.

"내가 실패할 거라는 우려는 접어둬. 서복만이 쓰러지면 상산은 태룡을 잡아먹기 위해 움직일 거다. 태룡은 그들을 상대하느라 대전에 신경 쓸 여력이 없어질 거고. 상산이야 이 회장이 네게 약속한 것도 있고, 상산을 잡아먹어야 하니까 당분간은 너와의 약속을 지키려는 시늉을 할 수밖에 없으니 크게 신경 쓰지 않아도 된다."

이혁의 입가에 서늘한 미소가 떠올랐다. 그가 말을 이었다.

"너도 예상하겠지만 서복만이라는 지배자가 없는 상태에서 상산의 기습을 태룡은 이겨내지 못한다. 조직의 전투력이야 본래 상산이 태룡보다 강하다는 건 태룡 애들도 인정하는 거니까."

조직을 이끄는 보스로서의 능력은 이자룡이 서복만보다 낫다.

그건 태룡의 조직원들도 인정했다.

서복만은 주먹보다 머리로 현재의 위치를 이룩한 반면 이자룡은 주먹으로 오늘날의 상산을 만든 자였다.

전국구로 명성을 떨친 주먹은 당연히 태룡보다 상산에 더 많았다. 그럼에도 상산이 태룡에게 강남을 내준 건 태룡의 전투력이 무서워서가 아니라 서복만의 뒤에 버티고 있는 인맥, 배후 세력 때문이었다.

이혁이 말을 이었다.

"서울이 안정될 때까지는 시간이 걸릴 거다. 그사이 너는 대전을 완전하게 네 영역으로 만들어야 한다. 이 회장이 감당하지 못하는 서복만의 배후는 내가 처리할 테니까, 그 부분은 신경 쓰지 않아도 되고."

이혁의 말을 묵묵히 듣고 있던 편정호가 물었다.

"한 가지 묻자."

"말해."

"나는 대가 없이 이득을 얻는데 익숙하지 않아. 그런 자선 사업가가 있다고도 믿지 않고. 그런데 넌 내게 너무 많은 것을 주려고 한다. 고맙기가 한없기는 한데 불안하기도 하단 말이지. 내게 대전을 주면 네가 얻을 수 있는 게 뭐냐? 이해가 안 가."

이혁이 고개를 돌려 편정호의 눈을 보았다.

"내가 대가를 받을 거라고 얘기했을 텐데?"

"그러니까 내가 네게 치러야 하는 대가가 뭔지 이제는 말해줄 때도 된 거 아니냐?"

이혁은 잠시 침묵했다.

그는 편정호의 눈을 조용히 바라보며 입을 열었다.

"네가 치러야 하는 대가는 두 가지다."

"더 많아도 된다."

편정호의 어투는 안색만큼이나 진지했다.

이혁이 말했다.

"하나는 내가 원할 때 필요한 정보와 사람을 지원해 주는 것."

"당연한 일. 언제든지 오케이다."

"두 번째는……."

이혁은 편정호의 눈에서 시선을 뗐다. 그리고 창밖으로 시선을 돌리며 말을 이었다.

"내 주변에 있는 사람들… 그들을… 지켜봐 주라."

편정호의 눈에 놀란 빛이 떠올랐다.

이혁이 말한 두 번째 조건은 그가 예상했던 10여 가지의 대가 속에 포함되어 있지 않은 것이었기 때문이다.

지켜봐 달라는 게 보호해 달라는 말과 동의어임은 물어

볼 필요도 없는 일.

잠시 말문이 막혔던 그는 이맛살을 찌푸리며 눈만 껌벅거리다가 입을 열었다.

"너… 잔정이 있는 스타일이었나?"

"한마디만 더 하면 싸우자는 걸로 알아."

이혁의 매몰찬 말에 편정호는 뜨끔한 표정으로 입을 다물었다.

그런 그에게 이혁이 툭 던지듯 말했다.

"둘 다 무기한이야."

"아주 평생을 부려 먹을 생각이구만 그래."

"왜? 싫어?"

"아니, 뭐 그렇다는 건 아니고……."

편정호는 말을 얼버무렸다.

얻는 것에 비하면 이혁이 내건 조건의 무게는 사실 없는 거나 다름없을 정도로 가벼웠다.

그가 물었다.

"여기 계속 있기 어렵다고 생각하는 거냐?"

이혁의 입가에 쓸쓸한 미소가 떠올랐다.

편정호의 질문은 대답을 필요로 하지 않는 것이었다.

이혁은 눈을 감았다.

차 안이 침묵에 잠겼다.

'내가 서복만을 제거하고 상산이 태룡을 공격하면 배후

인 태양회는 직접 나설 수밖에 없을 거다. 서울과 대전에서 그들의 수족이 되어 움직이던 자들이 무력화되는 걸 수수방관만 하고 있을 수는 없을 테니까. 그들이 직접 나선다면 이자룡의 상산이 과연 버틸 수 있을까… 상관없는 일이다.'

그는 눈을 떠 다시 창밖으로 시선을 돌렸다.

두 눈 깊은 곳에 무서운 빛이 어리고 있었다.

'혼란의 와중에 드러나는 태양회의 힘은… 모두 부서진다. 내가 그렇게 만든다.'

그가 편정호를 움직여 이자룡을 끌어들인 이면에는 복잡한 계산이 깔려 있었다. 그것들은 시간이 지나며 구체화될 것이다.

그는 의식하지 못하고 있었지만 그의 감각은 임무에 직면했을 때로 온전히 복귀한 상태였다.

그의 형들이 그들에 의해 비명에 갔고, '진혼' 또한 치명상을 입을 만큼 적은 강했다.

그도 사람인데 두려움이 없을 수는 없었다. 그러나 그는 어떤 상황에서도 결코 '적'을 두고 등을 보인 적이 없는 남자였다.

*   *   *

분해를 끝낸 사내는 부품 하나하나를 정성스럽게 손질한 후 재조립했다.

조립이 끝난 물건을 침대 위에 올려놓고 내려다보는 사내의 얼굴에 만족스러운 표정이 떠올랐다.

소음기가 부착되어 있고 견착식 개머리판은 접혀 있는 총의 길이는 70센티미터 정도였다. 개머리판을 편다면 90센티미터가 된다.

반자동 10연발 탄창이 삽입되어 있는 총의 유효사거리는 120미터, 최대 사거리는 1,500미터였다.

고성능의 조준경이 부착되어 있고, 소음기 덕분에 도심에서도 저격이 가능할 만큼 소리가 작았다.

미소를 짓는 사내의 입술 사이로 니코틴에 찌든 누런 이가 드러났다.

저 물건의 이름은 '에르마 베르크'였다.

독일제 22구경 소총으로 저격용이라는 이름을 붙이기에는 사거리에 문제가 있었지만 도심에서 활동하는 테러리스트와 갱단 사이에서는 두터운 마니아를 확보하고 있는 제품이다.

그는 10여 년 전 에르마 베르크를 구입하느라 3천만 원이 넘는 돈을 투자했다. 적지 않은 돈이었지만 이제까지 당시의 구입결정을 후회한 적은 한 번도 없었다.

사내는 총의 옆에 있는 속칭 '007가방'이라고 불리는 하드케이스를 열었다. 가방의 내부는 분해된 총의 부품들을 고정시킬 수 있도록 만들어져 있었다.

먼저 총열을 가방에 넣으며 사내가 중얼거렸다.

"3천을 들여 그동안 10억이 넘게 벌었으니 많이 남는 장사였지."

복제품은 1,500이면 살 수 있었다. 하지만 사내는 짝퉁을 모으는 취미는 없었다.

부품을 다 집어넣고 가방을 닫은 사내는 침대에 걸터앉았다.

"이번 목표가 고딩이라는 게 좀 마음에 안 들지만… 나야 돈만 받으면 되니까. 어떤 놈이 몸에 바람구멍이 나든 무슨 상관이겠어. 흐흐흐."

사내는 혀로 입술을 축이며 작게 웃었다.

소름이 돋을 정도로 스산한 웃음소리가 호텔 방을 휘감았다.

*　　　*　　　*

대전의 신흥부촌으로 떠오르고 있는 노은동의 고급 주택가.

도로를 비추는 가로등 뒤쪽 골목의 어둠이 물결치듯 일렁였다. 하지만 그 일렁임은 눈 한 번 깜박이기도 전에 사라졌다.

누가 알 수 있을까.

그 찰나의 시간 누군가 골목에 나타났다는 것을.

검은색 목토시를 눈 아래까지 끌어올려 쓰고, 망사형의 티와 스판이 든 바지, 그리고 운동화까지 검은빛 일색인 자.

이혁이었다.

암향무영의 수법을 펼쳐 어둠 속에 몸을 숨긴 채 은밀한 시선으로 사방을 훑어나가며 이혁의 안색이 무거워졌다.

'대체 몇 부류나 되는 놈들이 모인 거야? 생각했던 것과는 상황이 많이 다르군.'

그의 시선이 향한 건물은 언뜻 보아도 200평이 넘는 듯한 3층의 고급 주택이었다. 2미터를 넘는 담장으로 둘러싸여 있어서 마당은 보이지도 않았다. 담장 위로 솟은 몇 그루의 키가 큰 정원수들과 그 너머로 불이 환하게 켜진 건물이 보일 뿐이었다.

이 동네에서는 그가 보고 있는 주택도 그다지 특별하지 않았다. 주변의 빌라와 주택들도 하나같이 규모가 크고 웅장했다.

'최소한… 그룹 다섯 개는 되겠군. 있는지 없는지 감을 잡기 쉽지 않은 자들까지 포함하면 예닐곱이 넘을지도. 어떤 놈들이지?'

그의 눈빛이 깊게 가라앉았다.

'태양회… 저 그룹 중 하나는 분명 그들일 것이다. 하지만 나머지는… 빠져나오는 게 그리 쉽지는 않겠는걸…….'

이상윤 일당을 쓰러뜨리고 그들을 외부에 노출시킨 건 태양회의 주의를 끌기 위함이었다. 그의 의도는 성공했다. 하지만 이렇게 크게 성공할 거라고는 생각하지 못했다.

다른 자들이 관심을 가지기에는 이상윤의 무게가 크지 않았기 때문이었다. 하지만 현장의 상황은 그가 예상했던 수준을 가볍게 뛰어넘었다.

'이상윤보다… 사건 자체가 저들의 흥미를 끈 것이겠지. 내가 저들의 역량을 너무 과소평가한 것 같군.'

그의 눈빛이 무심해졌다.

'누가 되었든… 오늘 내 앞을 막는 자는…….'

그는 천천히 호주머니에서 장갑을 꺼내어 손에 꼈다.

강수찬의 이야기를 듣고 돌아오며 그는 자신이 걷고자 하는 길이 설령 지옥의 한복판을 지나는 것이라 할지라도 멈추지 않겠다고 맹세했다.

주변 여건이 아무리 나빠도 포기는 그의 맹세 속에 포함되어 있지 않은 것이다.

골목의 어둠이 조금씩 일렁이며 고급 주택과 가까워졌다.

묘행보와 사신암행이 결합된 이동수법.

거리가 조금씩 터질 듯한 긴장으로 뒤덮여 갔다.

*   *   *

빌라 '청도'는 고급 단독주택들이 즐비한 노은동에서 몇 되지 않는 다세대 주택 중 하나다. 희미한 가로등 빛을 받은 청도의 불이 꺼진 4층 창가에 어른거리는 사람의 그림자가 비쳤다.

그림자의 수는 둘이었다.

창가에 서서 70여 미터 떨어진 주택을 냉철한 눈길로 응시하고 있던 모용산이 오른쪽으로 고개를 돌렸다.

그의 바로 옆엔 굳은 얼굴로 창밖을 보고 있는 장석주가 있었다.

모용산은 그를 보며 장승을 닮았다는 생각을 했다.

표정이 없는 장석주의 옆모습이 대전으로 내려올 때 지나쳤던 시골 마을의 장승과 놀랍도록 흡사했기 때문이다.

그가 입을 열었다.

"정말 누군가 서복만을 노릴 거라고 생각하시오?"

무게가 느껴지는 장중한 목소리였다.

장석주는 여전히 창밖을 보며 고개를 끄덕였다.

"물론이오."

확신이 어린 대답이었다.

모용산은 이맛살을 찌푸리며 고개를 갸웃했다.

"하지만 서복만은 자신의 친위대를 30명이나 데리고 왔소. 장 대인은 그의 친위대 개개인이 전국구 급의 실력을 갖춘 태룡의 정예라고 하지 않았소? 게다가 그들은 총과 칼로 중무장한 상태이고. 저 정도 무력이면 우리도 전력을 기울여야 일을 성사시킬 수 있는 상대인데, 과연 그들을 뚫고 서복만을 노릴 만한 자가 한국에 있겠소?"

장석주가 고개를 돌려 모용산을 보았다.

"그런 자가 있을 거라고 생각했기 때문에 서복만이 친위대를 이끌고 대전에 온 거요. 그렇지 않았다면 그가 직접 내려올 이유가 없었소."

모용산은 입맛을 다시며 눈길을 창밖으로 돌렸다.

"그나저나 주변에 웅크리고 있는 자들이 앙천적가 외에도 여럿이오. 서복만을 노리는 자가 누구든 오늘 이곳에 온다면 뜻을 이루기가 쉽지 않을 거요. 그러기는커녕 제 목숨 유지하기도 어렵지 않을까 싶소."

그의 말을 들은 장석주의 눈가에 근심의 기색이 스쳐 지나갔다.

그도 모용산과 같은 생각을 하고 있었기 때문이다.

이곳에 모인 무리는 어중이떠중이가 아니었다.

자신들이 그들을 알아차린 것처럼 그들도 서로의 존재를

눈치채고 있었다. 그럼에도 그들은 움직이지 않으며 침묵을 유지했다.

그들이 능력이 없어 조용히 있는 게 아니라면, 생각할 수 있는 가능성은 하나뿐이었다. 노리는 것을 얻기 전까지는 참을 줄 아는 자들, 전문가들인 것이다.

'이상윤 무리를 제거한 게… 혁아… 정말 너라면 이곳에 오지 말아라. 네가 지닌 실력이 아무리 뛰어나더라도 살아 돌아가기 힘들다…….'

그는 시은을 떠올렸다.

어제 그는 시은의 전화를 받았다. 그리고 몇 시간 후 열일곱 명의 중상자가 대전병원 응급실로 후송되었다는 보고를 받았다.

이상윤이 이소영을 구한 이혁의 뒤를 추적하고 있고, 시은이 그를 역추적하고 있다는 것을 전부터 알고 있던 그였다.

시은이 전화상으로 말한 내용과 병원 건을 연결하자 범인(?)의 정체는 어렵지 않게 가닥이 잡혔다.

'혁아… 오지 마라… 제발…….'

장석주가 어떤 생각을 하고 있는지 알 리 없는 모용산이 입가에 미소를 지으며 입을 열었다.

"그가 누구든 우리에게는 은인이나 다름없소. 앙천을 이곳으로 끌어내 우리에게 기회를 만들어 주었으니 말이오."

장석주는 묵묵히 고개를 끄덕였다.

그들의 목표는 서복만이 아니었다.

당연한 일이었다.

그들은 서복만과 아무런 원한이 없는 것이다.

그럼에도 그들은 이곳에 왔다.

앙천의 적운기와 적무린 형제가 이곳으로 움직였기 때문
이다.

                    *   *   *

이혁은 담벼락에 등을 붙였다.

그는 마치 한 가닥 어두운 연기처럼 움직이고 있어서 아
무리 눈이 밝은 사람이라 해도 맨눈으로 그늘 속에 숨은
그를 찾아내는 건 불가능했다.

암왕사신류의 심공은 세 가지다.

초연물외공, 섬뢰잠영공, 천강귀원공이 그것이다.

세 가지 심공은 제각기의 쓰임이 달랐다.

수련과 정지 상태일 때는 초연물외공이, 움직이고 있는
때는 섬뢰잠영공이 그리고 적과 싸울 때는 천강귀원공이
사용된다.

초연물외공은 '공(功)'을 이루기 위해 반드시 수행해야
하는 암왕사신류의 핵심 심공이기도 하지만 이것을 정지상

태일 때 사용하면 주변의 사물과 일체화된 것처럼 숨는 것이 가능하다. 닌자 영화에 종종 등장하는 은신포와 동일한 효과가 발생하는 것이다.

그리고 섬뢰잠영공은 몸을 가볍게 만들어 움직이는 속도를 높여주고, 변화하는 주변과 자신의 색상을 일체화시켜 준다.

환한 대낮에 사용해도 효과가 크지만, 이것을 다른 무예와 함께 어둠 속에서 펼치면 무엇과도 비교할 수 없는 독보적인 위력을 발휘한다.

이혁은 10여 분 동안 마치 담장과 일체가 된 것처럼 미동도 하지 않은 채 담장 너머에 정신을 집중했다.

와룡천망의 보이지 않는 기운이 그물처럼 저택의 정원을 뒤덮었다.

눈을 뜬 이혁의 몸이 미끄러지듯 담장의 외벽을 따라 이동했다.

암향무영과 묘행보를 펼치며 은밀하게 외벽을 따라 움직이던 이혁은 안쪽 마당에 심어진 큰 나무의 가지가 담벼락에 긴 그늘을 드리운 지점에서 움직임을 멈췄다.

이곳은 담을 넘어갈 수 있는 최적의 지점이었다.

안쪽의 정원에서 경비를 서고 있는 자들은 와룡천망의 그물 같은 기막으로 철저하게 파악되었다.

와룡천망을 회피할 수 있는 수법이 없는 건 아니었다.

보통 사람에게는 초능력에 가까운 수법이지만 만능은 아닌 것이다. 하지만 주택 안에는 그것을 피할 만한 능력자가 없었다.

이혁의 숨결이 들릴 듯 말 듯 가늘어졌다.

이 지점을 지나간 경비원들이 다시 돌아오기까지 2분가량의 여유가 있었다.

아지랑이를 연상케 하는 몸놀림으로 소리 없이 담을 넘어간 그는 담장과 1미터가량 떨어져 있는 나무 그늘 아래로 빨려 들어가듯 몸을 숨겼다.

그를 본 사람은 아무도 없었다. 그러나 흘러내린 머리카락에 반쯤 덮인 그의 눈동자엔 긴장과 더불어 곤혹스러워하는 기색이 떠올라 있었다.

'뭐지……? 이 끈끈하게 달라붙는 기분 나쁜 느낌은?'

무언가가 자신을 집요하게 살피고 있다는 것을 그의 기감이 전해주고 있었다. 그러나 주변을 샅샅이 훑어보아도 눈에 들어오는 사람은 없었다.

목토시로 가려진 그의 안색이 신중해졌다.

'기막하고는… 다르다……'

생각에 잠겼던 그는 미간을 살짝 찡그렸다.

'다른 능력의 일종이거나 관측용 장비 같은데… 그렇다고 해도 무영경을 펼치는 나를 포착해 낼 정도의 능력자가 근처에 있다는 건 그다지 유쾌한 일은 아니로군……'

그는 자신의 기감을 자극하는 미지의 존재를 긴장으로 인한 착각이라고 생각하지 않았다. 애당초 그런 생각 자체를 한 적도 없었다.

그만큼 그는 자신의 기감을 믿었다.

기를 운용하는 무예를 수련한 사람에게 있어 자신의 기감에 대한 신뢰는 절대적이다. 그것을 불신하면 수련한 무예의 기반 전체가 흔들리는 결과를 가져오게 되기 때문이다. 그렇다고 맹목적인 신뢰는 아니었다.

자신의 기감에 대해 절대적인 신뢰를 가질 때까지 수련자는 수많은 환청과 환시라는, 속칭 '입마(入魔)'라 불리는 단계를 인위적으로 거치게 된다. 그 과정을 통과한 수련자만이 스승으로부터 자신의 기감을 신뢰할 수 있는 자격을 얻는다.

이혁은 그런 자격을 얻은 무인(武人)이었다.

그의 눈빛이 차가워졌다.

'움직이는 기미를 보이지 않는 걸 보면 일정 시점까지는 나를 지켜보겠다는 건가? 누군지 모르지만 세상에는 뜻대로 되지 않는 일도 있다는 걸 가르쳐 주지.'

암왕사신류의 운신법인 무영경은 수십대에 걸쳐 발전 보완된 무예다.

선대 당주들이 마주쳤던 적 중에는 정면대결로는 승산을 점칠 수 없었을 정도로 강했던 당대의 초고수들이 적지 않았다.

선대는 그런 초고수들을 상대할 수 있는 기법들을 만들어냈다. 스승이 실패하면 제자가 보완했고, 그것도 실패하면 몇 대에 걸쳐 연구와 실전을 반복했다. 그리고 마침내는 완성해 냈다.

그렇게 완성된 무영경 이십팔 절에는 지금 이혁이 마주친 것과 동일한 상황에 처했을 때 대처할 수 있는 기법이 포함되어 있었다.

그 기법의 이름은 은무환영(隱霧幻影), 와룡천망에서 깨달음을 얻어 창안된 것으로 자신의 기운과 동일한 기의 형태를 복제해서 안개처럼 퍼트리는 무예였다.

이 수법은 기를 운용할 줄 아는 초강자의 감각에 혼란을 준다는 장점이 있었지만 유지시간이 10여 초에 불과할 정도로 짧다는 단점도 함께 갖고 있었다.

이혁은 은무환영을 펼쳤다.

직후 어둠이 내린 정원의 그늘로 검은 안개 같은 것이 뱀처럼 구불거리며 주택을 향해 무서운 속도로 접근해 갔다.

* * *

"에이단! 에이단!"

레나는 다급하게 에이단을 불렀다.

집중된 기색으로 명상에 잠겨 있던 에이단이 갑자기 안색이 변하며 식은땀을 뻘뻘 흘리는 걸 보고 깜짝 놀란 것이다.

에이단이 능력을 펼칠 때는 절대로 그를 건드려서는 안된다는 것을 알고 있지 않았다면 그의 어깨를 잡고 정신없이 흔들어대기라도 했을 것 같은 어투와 안색이었다.

에이단의 눈꺼풀이 힘없이 위로 올라갔다.

드러난 그의 눈엔 초점이 흐릿했다.

어느새 레나 옆으로 와서 역시 놀란 눈으로 에이단을 지켜보고 있던 제이슨이 초점이 풀린 그의 눈을 보고 긴장된 기색으로 물었다.

"에이단, 무슨 일이야?"

에이단은 대답 없이 소파의 쿠션에 힘없이 등을 기댔다.

"후우우……."

긴 숨이 그의 입술 사이로 흘러나왔다.

레나는 에이단의 옆에 앉으며 그의 손을 잡았다.

10여 년 동안 동고동락을 함께해 온 두 사람의 정은 남매가 부럽지 않을 정도로 두터웠다.

그녀에게 고개를 돌리는 에이단의 눈이 조금씩 초점을 찾아갔다.

그가 힘겹게 입술을 뗐다.

"마스터⋯⋯."

"응?"

에이단의 말을 한 번에 알아듣지 못한 레나가 되물었다.

"이혁⋯ 이라는 사람⋯ 마스터야⋯⋯."

레나의 안색이 확 변했다.

"그가⋯ 마스터라고?"

에이단은 고개를 아래위로 천천히 움직이며 대답했다.

"그의 나이를 생각하면 나도 믿기 어려워. 하지만 그는 내 WAS(Wide area scan:광역스캔)을 피했어. 그러기 위해서는 적어도 마스터에 근접하는 능력을 보유해야만 한다는 걸 레이나도 알잖아? 내 능력으로 계속 그를 추적하는 건 불가능해⋯⋯."

"말도 안 돼⋯⋯!"

레이나는 외마디 비명처럼 반쯤 넋이 나간 표정으로 중얼거렸다.

그들의 대화를 지켜보고 있는 제이슨의 얼굴에 답답해하는 기색이 떠올랐다.

두 사람의 대화에 나오는 '마스터' 라는 단어가 무엇을 뜻하는 건지 알 수가 없으니 대화를 이해할 수도 없었던 것이다.

레이나가 다시 에이단에게 물었다.

"나는 믿을 수가 없어. 그가 어떻게 크리스 수준의 능력자일 수가 있어? 이 작은 나라에 그런 능력자가 있을 리 없잖아?"

형식은 질문이지만 혼잣말이었다.

에이단은 힘없이 웃었다.

레이나의 심정이 이해가 되었다. 그도 마찬가지 심정이었으니까.

그가 입을 열었다

"믿거나 말거나. 하지만 우리의 계획은 전면 수정되어야 해. 현재 우리가 가진 전력으로는 그를 잡을 수 없어. 잘해야 같이 죽을 수 있을 뿐이야."

레이나의 조각처럼 아름다운 얼굴이 딱딱하게 굳었다.

두 사람의 대화를 들으며 인내심이 한계에 도달한 제이슨이 불쑥 끼어들었다.

"나도 좀 끼워주지 그래. 이혁이 마스터라니 그게 무슨 소리냐? 크리스는 또 누구고?"

레이나와 에이단의 시선이 동시에 제이슨을 향했다.

제이슨은 기분이 살짝 상하려 하는 것을 간신히 참았다. 두 사람은 그를 마치 세상에서 가장 한심한 바보가 여기 있었구나 하는 시선으로 보았던 것이다.

레이나가 그를 보며 대답했다.

"제이슨, 많이 알려고 하지 말아요. 다쳐요."

농담처럼 가벼운 음성이었다. 그러나 그녀의 눈빛은 말

투와 달랐다. 얼음처럼 차갑고 냉정한 눈길이었다.

20년이 넘는 세월을 CIA에서 보낸 제이슨이다. 눈빛 정도에 위축당할 만큼 그는 만만한 사람이 아니었다. 그러나 그는 침았다. 상부에서는 그에게 아무것도 묻지 말고 이 둘을 지원하는데 전력을 다하라고 지시했다.

그리고 레이나의 말처럼 이 계통에서 호기심을 전부 채우려 들었다가는 제 명대로 살기 어렵다는 걸 잘 아는 것이다.

제이슨은 레이나에게서 눈을 떼고 에이단을 보았다.

그가 입을 열었을 때 화제는 바뀌어 있었다.

"계획을 수정하자고 했지? 그것에 관해 얘기해 보자."

제10장

이혁은 건물의 1층 거실 유리창 옆 외벽에 바짝 붙어 섰
다.

  정원에서 경비를 서는 자들의 수는 열 명이 채 되지 않
았다. 대부분은 건물 내부의 각층에 흩어져서 머물고 있었
는데, 그 수는 외부 인원의 두 배에 달했다.

  1층에 머무는 자들의 수는 모두 다섯으로 넷은 거실에
모여 앉아 포커를 하고 있었다. 나머지 한 명은 화장실에
있는 듯 거실과 떨어진 곳에서 앉은 자세로 힘을 쓰고 있
는 것이 이혁의 기감에 잡혔다.

  창을 통해 바라본 거실은 상당히 넓어서 30평은 가볍게
넘을 듯했다. 그리고 거실의 한쪽 면에는 2층과 연결된 계

단이 보였다. 2층과 3층도 연결되어 있을 터였다.

이혁의 눈 깊은 곳에 강한 빛이 떠올랐다.

'속전속결……'

그가 이곳에 온 것은 당연히 목적이 있어서였다. 그리고 그 목적 중에는 이자룡과 했던 약속도 포함되어 있었다.

이제 그 약속을 이행해야 할 시간이 되었다.

포커를 하던 사내 중 한 명이 창가로 다가왔다. 그는 창가에 서서 담배를 입에 물었다. 담배 연기를 길게 뿜어내던 사내가 이맛살을 찌푸리며 고개를 갸웃했다. 그리고 창문에 얼굴을 가까이 가져다 대었다.

창밖의 어둠이 물결처럼 일렁이는 느낌을 받았던 것이다.

그는 서복만이 아끼는 친위대의 주먹들 중에서도 눈과 감각이 남다르다는 평가를 받는 사내였다.

눈을 가늘게 뜨고 창밖을 훑어보던 사내가 중얼거렸다.

"뭐였지? 착각인가……?"

그 순간이었다.

퍼석!

두께 1센티미터가 넘는 유리창이 마치 설탕으로 만든 과자가 부스러지는 듯한 소리를 내며 한꺼번에 아래로 우수수 무너져 내렸다. 그리고 그 사이로 불쑥 나타난 손끝이 사내의 목젖을 소리 없이 눌렀다.

"……!"

비명도 지르지 못한 사내가 휘청거릴 때 검은 그림자가 바람처럼 사내의 옆을 통과했다. 사내가 쓰러진 것은 이혁이 소파에 도달한 후였다.

그의 움직임은 무서울 정도로 빨라서 거실의 소파에 앉아 포커를 하고 있는 사내들은 그가 소파 옆에서 걸음을 멈춘 직후까지도 무슨 일이 벌어졌는지 알아차리지도 못했다. 그리고 그들은 끝까지 상황 변화를 알아차릴 기회를 얻지 못했다.

두 걸음 만에 소파 앞에 도달한 이혁은 한순간의 멈춤도 없이 중앙의 탁자 위로 뛰어올랐다. 그의 발이 탁자를 밟았을 때서야 사내들은 놀라 눈을 부릅떴다.

탁자를 슬쩍 박찬 이혁의 오른발 끝이 벌떡 일어서려는 한 사내의 명치에 환상처럼 틀어박혔다. 사내가 소파에 튕기듯 다시 주저앉으며 쓰러졌다.

사내의 가슴을 찰 때 발생한 반동에 맡긴 이혁의 몸이 공중에서 왼쪽으로 미끄러지듯 이동하며 그의 왼발 끝이 번개처럼 두 사내의 명치를 걷어질렀다.

타격은 순차적으로 가해졌지만 세 사내가 눈을 까뒤집으며 소파에 쓰러진 건 거의 동시였다. 보통 사람은 시간의 차이를 느끼지도 못할 터였다.

이혁은 탁자를 박찼다.

화장실 문이 열리며 허리춤을 잡고 나오던 사내가 거실을 보고는 눈이 휘둥그레졌다.

이혁과 그의 눈이 마주쳤다.

순간적으로 몸이 굳었던 사내는 화장실 문을 닫으며 소리를 지르려고 했다.

정확한 판단이었다.

적은 하나로 보였지만 그 한 명이 거실에 있던 동료들 전부를 쓰러뜨렸다. 그 혼자서는 상대할 수 없는 자였다. 침입자가 있음을 알리고 다른 곳에 있는 동료를 불러야 했다.

그러나 그의 판단은 생각으로만 끝이 났다.

문이 닫히기도 전에 허공에서 공중제비를 돈 이혁의 발뒤꿈치가 그의 정수리를 찍었던 것이다.

쾅!

목뼈가 부러지듯 어깨 사이에 파묻힌 사내는 입에서 피거품을 흘리며 그 자리에 주저앉았다.

이혁의 움직임은 빠르고 격렬했다. 그러나 소리는 일체 나지 않았다.

유령을 방불케 하는 움직임, 어째서 그의 사문이 어둠의 왕[暗王]이라 불리는지 이유를 알 수 있는 몸짓이었다.

세 걸음만에 계단을 오른 그의 발이 2층을 디뎠다.

아래층에서 들린 작은 소음의 정체를 확인하기 위해 막

계단 근처에 도착했던 사내는 하늘에서 뚝 떨어진 것처럼 갑자기 앞에 나타난 검은 그림자를 보고 안색이 확 변했다.

놀람은 컸다. 하지만 그는 저항도 하지 못하고 쓰러졌던 1층 사내들과는 달랐다.

각층에 있는 자들의 능력은 차이가 있었다.

위층에 있는 자일수록 강했다.

서복만의 친위대는 수천에 달한다는 태룡회 조직원들 중에서도 고르고 고른 정예였지만, 그들 사이에도 능력의 격차는 있는 것이다.

사내는 오른쪽으로 한 걸음 비키면서 그 발을 축으로 삼아 반회전하며 왼쪽 무릎 끝으로 이혁의 사타구니를 올려 찍었다. 그리고 오른 주먹으로는 이혁의 왼쪽 옆구리를 쳤다.

이혁은 피하지 않았다.

2층에는 그를 공격하는 자 외에 다섯 명이 더 있었다. 그리고 그들은 모두 거실에 모여 있었고, 아래층처럼 포커를 하고 있지도 않았다.

그들은 긴장을 유지하며 대기 중이었다. 그래서 1층과 달리 이혁의 존재를 빨리 알아차렸고, 일행 중 한 명이 이혁을 공격할 때 그들도 움직이려 하고 있었다.

이혁이 사내의 공격을 피하면 사내들은 그를 향해 달려올 시간을 벌 수 있었다. 그럼 귀찮은 상황으로 이어질 게

뻔했다.

이혁은 왼손을 쫙 펴서 옆구리를 파고들려는 사내의 손목을 위에서 누르며 옆으로 흘렸다. 그리고 오른 주먹으로 사타구니를 차오는 사내의 무릎 위 허벅지를 내려쳤다.

우직!

뼈가 부러지는 소리가 나며 사내의 입이 딱 벌어졌다.

이혁은 반걸음 앞으로 나서며 손날로 사내의 목을 쳤다.

"커⋯⋯!"

사내의 비명은 반쯤 나오다 멈췄다.

이혁은 이미 쓰러지는 사내를 지나쳤다. 그는 자신을 향해 달려오려고 자세를 취하는 사내들에게 쇄도하고 있었다.

사내들의 안색이 똥색이 되었다.

그들이 한 걸음을 떼기도 전에 이미 동료는 눈에 흰 자위를 드러내며 쓰러지고 있었고, 검은 그림자는 그들의 코앞에 도달해 있었던 것이다.

눈으로 보고 있는데도 믿을 수가 없을 만큼 빠른 속도였다.

이혁은 맨앞에 선 사내의 옆을 스쳐 지나며 왼 팔꿈치를 수평으로 휘둘렀다.

1층 유리창을 깨는 순간부터 그의 전신엔 천강귀원공이 휘돌고 있었다. 천강귀원공은 운용하는 사람의 전신을 쇳덩이처럼 단단하게 만들고, 귀원공이 응집되는 부분의 파괴력을 극대화시키는 공능이 있었다.

가뜩이나 단단한 쇳덩이가 더욱 강해지는데 과연 그것을 맞고 버틸 살과 뼈가 있을까.

퍼석!

수박이 깨지는 듯한 소음과 함께 코와 광대뼈가 함몰된 사내가 거품을 물며 뒤로 튕겨 나갔다. 그 뒤에 있던 사내들은 자신들의 앞으로 확 다가서는 이혁을 보며 양옆으로 거리를 벌리려 했다. 하지만 그들과 이혁 사이엔 넘을 수 없는 속도의 차이가 있었다.

그들이 옆으로 반걸음을 떼기도 전에 이혁의 몸이 그들 사이를 파고들고 있었다. 얼굴이 똥색이 된 사내들은 반사적으로 주먹을 휘둘렀다.

바람처럼 사내들 사이를 파고든 이혁은 허리를 숙이며 오른발을 축으로 몸을 회전시켰다. 수평으로 들린 그의 두 팔꿈치에 사내들의 미간이 걸렸다. 천강귀원공에 회전하며 발생한 원심력이 더해진 야차회륜박이었다.

꽈직!

뼈가 부러지는 둔탁한 소리와 함께 두 사내의 머리가 벌컥 젖혀지며 나뒹굴었다.

회전을 마친 이혁의 몸이 공중으로 떠올랐다.

그의 두 다리가 일자로 벌어지며 빗자루처럼 허공을 휩

쓸었다.

그사이 각기 1미터 정도씩 거리를 벌렸던 두 사내의 목이 그의 발등에 걸렸다.

쾌콱!

목이 기괴한 방향으로 꺾인 두 사내가 포탄이라도 맞은 것처럼 양옆으로 날아가 아무렇게나 나뒹굴었다.

마지막 사내는 이를 악물며 허리춤에서 40센티미터 길이의 칼을 꺼냈다. 동료들이 쓰러지며 생긴 실낱같은 여유가 그것을 가능케 했다. 하지만 그것을 앞으로 내밀기도 전에 사내는 칼을 휘두를 시간이 없다는 것을 깨달았다.

이미 이혁의 쇳덩이 같은 주먹이 그의 인중에 닿고 있었다.

퍽!

거대한 해머에 직격이라도 당한 것처럼 사내의 몸이 허공에 붕 뜨더니 2미터가량을 날아가 나뒹굴었다.

이혁은 손에 사정을 두지 않았다.

이들은 서복만의 친위대였다. 이자룡의 운신을 좀 더 자유롭게 하기 위해서 이들을 무력화시킬 필요가 있었다.

그리고 이들은 이 나라에서 주먹으로 먹고사는 자들 중 최상위의 포식자 층에 속하는 자들이었다. 그건 이들의 과거가 얼마나 잔혹했는가를 의미하는 것이기도 했다.

이들이 암흑가를 떠나면 평범한 사람들이 두려움에 떠는

경우가 줄어들 것은 분명했다.

이리저리 생각해도 굳이 손에 사정을 둘 이유가 없는 것이다.

그렇다고 아예 작정하고 손을 쓸 수는 없었다. 그러면 이들은 죽을 테니까.

태양회와 직접 관련이 있지 않은 자들은 그의 살생부에 등록되어 있지 않았다, 아직은······.

2층을 정리한 이혁은 3층으로 향했다.

여전히 유령과도 같은 그의 움직임은 그가 10여 명의 사내를 쓰러뜨리고도 전혀 지치지 않았다는 것을 알 수 있게 했다.

3층의 계단을 절반쯤 올랐을 때 직선으로 움직이던 이혁의 몸이 안개처럼 흐려지며 우측으로 두 걸음을 이동했다.

스팟!

시퍼런 빛이 그가 있던 공간을 둘로 갈랐다.

그 빛은 이혁을 따라 움직였다.

이혁은 한 손으로 계단의 난간을 짚으며 몸을 허공으로 띄웠다. 그 자리를 푸른빛 섬광을 머금은 긴 칼날이 스쳐 지나갔다.

일본도를 쥔 사내의 눈엔 놀람의 빛이 가득했다.

그는 20여 년 동안 검도를 수련해 왔고, 숱하게 많은 사람의 몸에 칼집을 낸 실전의 달인이었다. 기억을 더듬어

봐도 자신의 칼을 이처럼 수월하게 피해내는 적을 그는 만난 적이 없었다.

칼을 휘두르는 자는 이 사내뿐만이 아니었다.

또 한 명의 사내가 위쪽에서 수직으로 허공에 떠 있는 이혁의 머리를 쪼개왔다. 이혁은 두 다리를 가슴 앞에 모으며 난간을 잡은 손목을 비틀었다.

곡예를 하듯 둥글게 말린 그의 몸이 허공에서 우측으로 30센티미터를 이동하더니 꺼지듯 계단으로 내려앉았다.

그의 시선이 위쪽에서 칼을 휘두르는 자의 어깨 너머를 향했다.

3층 계단의 입구는 어느새 막혀 있었다.

일본도를 쥔 사내 둘을 제외하고도 여섯 명의 사내가 사시미와 군용도를 비롯한 무기를 손에 들고 서서 이혁을 내려다보고 있었다.

살기로 번들거리는 눈빛들이었다.

이혁을 공격하고 있는 자가 그어대는 일본도의 궤적이 커서 끼어들지 못하고 있을 뿐, 그들은 기회가 생긴다면 언제든 달려들 수 있는 자세를 취하고 있었다.

이혁의 눈빛이 얼음처럼 차갑게 가라앉았다.

그가 속전속결을 생각하고 손에 사정을 두지 않는 이유 중에는 이들이 가지고 있을 것이 확실한 총기류를 사용할 여유를 주지 않기 위함도 있었다.

총기를 사용한 장소가 서울이고 사용 규모가 작다면 서복만은 어떻게든 그것을 무마할 수 있을 것이지만 이곳은 대전이었다. 그리고 대전의 검경도 서복만이 이곳에 머무르고 있다는 사실을 이미 파악하고 있을 터였다.

태룡회의 보스가 친위대를 이끌고 대전에 내려왔는데 그것을 파악하지 못했다면 대전검경의 강력 파트는 옷을 벗어야 한다.

이혁은 서복만과 친위대의 주변 환경이 주는 제약이 만만찮기 때문에 그들이 극단적인 상황이 아니면 총기를 사용하려 하지 않을 것이라고 생각했다.

지금까지는 그의 판단이 옳았다.

이들은 아직 총을 들지 않았다. 하지만 그는 계속 자신의 기대대로 일이 진행되지는 않을 거라는 걸 그는 잘 알고 있었다. 그들이 총기를 사용하기 전에 일을 마무리 지어야 했다.

천강귀원공이 시전자의 육체를 강철처럼 단단하게 만들어주기는 하지만 그것으로 무력화시킬 수 있는 마지노선은 도검류였다. 총탄을 튕겨내는 방탄 능력까지는 없었다.

아래쪽에서 이혁의 허리를 향해 칼을 휘두르던 자의 얼굴에 멍한 기색이 떠올랐다. 위쪽에서 공격하는 자의 칼을 피한 이혁이 마치 베어달라고 하는 것처럼 두 손을 그의 칼에 가져대는 모습이 눈에 들어왔기 때문이었다.

'이 새끼가 미쳤나?'

생각과 달리 사내의 손길은 환호라도 하듯 무서운 속도로 이혁의 손을 베어갔다.

스팟!

일본도의 날에 이혁의 손이 잘려 나간 듯 칼날은 그대로 이혁의 손목을 통과했다. 하지만 그것은 착시였다.

투투툭!

이혁의 손목과 부딪친 일본도의 날이 다섯 토막으로 잘려 사방으로 비산했다.

환영처럼 투명한 붉은빛이 이혁의 손가락 끝에서 번뜩인 듯했지만 그의 출수와 회수가 너무 빨라 공격하는 자들은 물론이고 지켜보던 자들도 그것을 보지 못했다.

적과의 싸움에서 처음 사용한 혈우팔법의 무예, 환상혈조의 위력이었다.

일본도가 잘려 나간 직후 칼을 든 손 하나가 허공으로 떠오르며 피보라가 자욱하게 피어올랐다.

"으아악!"

칼을 든 팔이 잘려 나갔다는 것을 뒤늦게 깨달은 자의 비명은 처절했다.

이혁은 어깨부터 잘려 나간 팔을 부여잡고 주저앉는 자의 가슴을 걷어찼다.

퍽!

그 반동으로 그의 몸은 계단에 밀착한 채 위층을 향해 1미터가량 미끄러지듯 올라갔다. 위쪽에서 이혁을 향해 사선으로 일본도를 내리긋던 자의 안색이 시커멓게 변했다.

위로 오르며 오른손으로 계단을 짚은 이혁의 몸이 물구나무를 서며 오른발 뒤꿈치가 미사일처럼 그의 턱 아래쪽에서 솟아올랐던 것이다.

쾅!

턱에서 코에 이르는 하관이 진흙처럼 뭉개진 사내가 비명도 지르지 못하고 뒤로 튕겨 나가 뒹굴었다.

그 위로 여섯 자루의 사시미와 군용도가 통과하며 소나기처럼 이혁의 몸을 난자해 왔다.

이혁은 허공으로 솟구친 다리를 가슴 앞으로 거두며 몸을 둥글게 말았다. 말린 두 발이 계단에 닿았다. 그는 두 손과 발끝으로 슬쩍 계단을 밀었다.

그의 몸이 화살처럼 쏟아지는 무기들 아래를 슬라이딩하듯 파고들었다. 앞으로 전진하며 그는 가슴 앞에서 두 손을 교차시켰다. 그의 열 손가락 끝에서 반투명한 환상혈조가 밀려 나오듯 모습을 드러냈다.

사내들의 공세는 거칠었다. 그러나 이혁에게 큰 위협이 되지는 못했다. 그의 차가운 눈동자는 사내들이 휘두르는 무기의 궤적을 모두 잡아내고 있었다.

그들은 빠르고 강했지만 그건 보통 사람들에게나 통할

말이었다.

이혁에게 그들은 느렸다.

빠름이라는 게 얼마나 상대적인 개념인지 이혁은 몸으로 증명하고 있었다.

화아악!

영롱하다고 해야 할 만큼 은은한 붉은 광채가 신기루처럼 사내들의 허리 아래를 휩쓸었다.

<u>스스스스!</u>

뱀이 풀숲을 기어갈 때 날 법한 소리가 났다.

"아악!"

"내 다리!"

"으아아아악!"

처절한 비명 소리들과 함께 양동이로 퍼부은 것처럼 많은 핏물이 계단과 벽면을 철썩하며 적셨다. 계단 위에 무릎 아래가 잘려 나간 여섯 명의 사내가 피칠갑을 하며 나뒹굴었다.

피로 물든 계단을 뒤로하고 이혁은 3층에 발을 디뎠다. 그리고 발을 딛자마자 측면으로 미친 듯이 굴렀다.

푸슉, 푸슉, 푸슉, 푸슉!

방망이로 솜뭉치를 두드리는 듯한 둔탁한 소음이 연속해서 울리며 이혁이 이동한 자리가 움푹움푹 패였다.

간발의 차이였다.

이혁은 화장실로 난 짧은 복도의 모서리 뒤에 몸을 숨겼다.

그는 총알을 피해 이동하며 본 광경을 떠올렸다.

불이 켜진 거실의 중앙, 입고 있는 정장과 머리 모양이 잘 어울리는 샤프한 중년인과 단단한 체구의 50 전후 사내가 그가 있는 방향으로 소음기가 장착된 권총의 총구를 겨누고 서 있었다.

둘 다 사진으로 본 적이 있어 익숙했다.

좀 더 나이 들어 보이는 사내가 서복만이었고, 샤프한 중년인은 그의 그림자라 불리는 비서실장 조정대였다.

이혁이 평범한 킬러였다면 거실의 모습을 보기 위해서 벽 너머로 머리를 내밀어야 했을 것이다. 그러나 그는 그런 행동을 할 필요가 없었다. 와룡천망이라는 암왕의 기법이 있었으니까.

와룡천망의 기막이 서복만과 조정대의 움직임을 눈으로 보는 것처럼 그의 심상에 전해주었다.

서복만은 제자리에 서 있었고, 조정대는 조금씩 발을 움직이며 이혁을 볼 수 있는 각도로 이동하고 있었다.

이혁이 계속 움직이는 기척을 보이지 않자 조정대의 보폭이 커졌다. 이혁이 총을 갖고 있지 않다는 확신을 한 것이다.

아무리 무술의 달인이라 해도 총알보다 빠른 자는 없다.

보편화된 상식의 그의 움직임을 키웠다. 하지만 조정대는 이혁이 어떤 무예의 전승자인지 알고 있지 못하기에 자신감을 가질 수 있었던 것이다.

암왕사신류의 무예를 조금이라도 알고 있는 사람이라면 그 전승자를 상대할 때 총기의 소지 유무가 전투의 유불리를 결정짓는데 그다지 소용이 없다는 걸 알고 있었을 것이다. 그러나 고대 무예의 지식이 없는 조정대에게는 해당사항이 없었다.

암왕사신류 전투기법의 총화인 혈우팔법은 수백 년에 걸쳐 완성되었고, 현재도 완성되어 가고 있는 초상승의 무예다.

불과 여덟이라는, 너무 적어 보이는 분류 속에는 현장에서 발생할 수 있는 모든 경우의 수에 대한 대응방법이 포함되어 있었다.

이혁은 허리의 허리띠에 장비해 두었던 얇은 가죽피 사이에서 반으로 쪼개진 면도날 세 개를 꺼내 들었다.

한 개는 왼 손바닥 안에 감추고, 오른 손가락 사이에 두 개의 면도날을 끼운 그는 어느 순간 숨을 멈추며 미묘하게 오른손의 손가락들을 비틀었다.

손가락의 움직임과 그에 더해진 섬뢰잠영기의 파도를 탄 면도날이 신기루처럼 허공에 떠오르더니 마치 나비가 나는 듯 양 날개를 아래위로 흔들며 소리 없이 거실을 가로질렀다.

당대 들어 아마도 적과의 싸움에 처음으로 사요된 것일 것이 분명한 혈우팔법의 암기술, 혈우호접몽(血雨胡蝶夢) 이었다.

나비처럼 우아하고 소리 없이 움직이지만 그 끝에는 반드시 피의 비가 내린다는 절대적인 암기술.

이혁의 눈가에 긴장된 기색이 떠올라 있었다.

상대 때문에 긴장한 것이 아니었다.

혈우팔법에 대한 그의 성취도는 높다고 할 수 없었다.

시전부터 마무리되는 때까지 고도의 집중력과 기의 섬세하고 정교한 컨트롤이 필요한 혈우호접몽의 성취는 더욱 낮았다. 펼치기는 했지만 백프로 성공을 확신할 수 없는 것이다. 그것이 그를 긴장시켰다.

거실엔 불이 켜져 있었지만 서복만과 조정대는 자신들을 향해 날아들고 있는 면도날을 보지 못했다.

죽을 것처럼 비명을 질러대는 상처 입은 친위대원들 때문에 신경이 분산된 데다가 날아드는 면도날이 그들이 볼 때 면이 아니라 날을 드러내며 활공하고 있었기 때문이다.

면도날을 그런 모습으로 활공시키기 위해 이혁이 얼마나 처절하게 집중해야 했는지는 말이 필요 없는 것이었고.

서복만과 조정대의 근처 50센티미터까지 접근한 면도날의 움직임이 갑자기 변했다. 근접할 때까지는 마치 나비처럼 허공을 유영하듯 느리게 움직였다면 목표한 지점에 도착한 그것들은 하늘에서 먹이를 발견한 매처럼 빠르고 강력한 속도로 내리꽂혔다.

스팟!

"으악!"

총을 든 손목이 작두에 잘린 것처럼 떨어져나간 조정대의 입에서 무참한 비명이 터져 나왔다. 상황은 서복만도 크게 다르지 않았다.

그는 손목이 잘려 나가지는 않았지만 총을 잡은 손가락 네 개가 무 썰리듯 썰렸다.

"크으윽! 뭐… 뭐… 냐!"

면도날이 그들의 몸에 닿을 때 이혁은 움직이고 있었다.

벽 뒤에서 튀어나온 그는 한 걸음에 조정대와의 거리를 좁히며 몸을 허공에 띄웠다.

쭉 뻗은 오른발의 끝에 조정대의 관자놀이가 걸렸다.

쾅!

목이 부러질 듯 꺾인 조정대의 몸이 소파를 넘어뜨리며 튕기듯 날아가 한쪽 구석에 구겨진 휴지처럼 처박혔다.

서복만은 고통에 매몰되어 있던 조정대와는 반응이 달랐다.

이혁이 벽 뒤에서 튀어나왔을 때 그는 손가락들이 잘려 나가며 바닥으로 떨어지고 있던 권총을 멀쩡한 손으로 잡아챘다.

그리고 빠르게 이혁의 상체를 향해 총구를 겨누고 방아
쇠를 당겼다. 고통으로 일그러진 얼굴이었지만 눈동자도
손도 흔들리지 않았다.

태룡회라는 조직을 맨손으로 일군 자다운 반응이었다.

탕!

권총이 발사된 것은 이혁이 조정대의 관자놀이에 발끝을
차 넣었을 때였다.

이혁은 운용하던 섬뢰잠영공을 초연물외공으로 바꾸었
다.

그가 펼친 것은 초연물외공의 요결 가운데 하나인 붕결
(崩訣)이었다.

그의 몸 전체가 거대한 바위가 된 것처럼 무거워졌다.
그의 몸이 쇳덩이라도 달린 것처럼 아래로 30센티미터가
량 뚝 떨어졌다.

변화는 극적일 만큼 빠르게 이루어졌다. 그러나 총알보
다 빠르지는 못했다.

팟!

총알이 종이 한 장 차이로 그의 어깨를 스쳐 지나가며
한 가닥 연기가 피어올랐다. 동시에 고기 타는 냄새가 났
다.

이혁의 왼쪽 어깨, 찢어진 옷 사이로 검게 탄 한 줄기

선이 보였다. 초연물외공으로 보호되고 있는 몸을 총알이 스치자 그 마찰력에 의해 살이 탄 흔적이었다.

이혁의 눈빛은 무심해서 속마음이 어떤지 알 수 없었다.

자신을 향한 총구를 두려워하고 있는지 상처가 고통스러운지, 그 어떤 것도 읽어낼 수 없는 눈빛이었다.

이혁의 무심한 눈동자와 서복만의 놀람과 분노, 그리고 살기에 가득 찬 눈동자가 허공의 한 점에서 마주쳤다.

서복만은 멈춤 없이 연속해서 방아쇠를 당겼다.

하지만 첫 총탄에 이혁을 무력화시키지 못했다는 건 더는 그에게 기회가 없다는 걸 의미했다. 그는 알고 있지 못했지만.

반쯤 쥐어져 있던 이혁의 왼손이 활짝 펴졌다. 그와 함께 손목이 미묘한 곡선을 그렸다.

스팟!

탕!

무언가 날카롭게 공기를 찢는 듯한 소리가 들린 직후 총소리가 났다.

"끄으으……."

억눌린 비명 소리를 들으며 이혁은 거실 바닥을 딛고 섰다.

서복만은 믿을 수 없다는 눈으로 이혁을 보며 꼿꼿이 선 채로 서서히 뒤로 넘어갔다. 그의 몸이 뒤로 기울자 목에 수평으로 5센티미터가 넘는 긴 금이 생겨났다. 금이 빠르게 벌어지며 피화살이 뿜어져 나왔다.

쿵!

서복만이 마지막으로 쏜 총탄은 이혁과 1미터 이상 떨어진 벽을 맞췄다. 벽에 난 구멍이 그 증거였다. 그가 방아쇠를 당기기 직전 면도날이 그의 목을 그었고, 그로 인해 그는 조준했던 지점에 총을 쏠 수 있는 여력을 잃었던 것이다.

꿀럭… 꿀럭…….

핏덩이가 쏟아지는 목을 부여잡으며 서복만은 고개를 들기 위해 애를 쓰고 있었다.

"커… 컥… 너… 누… 구……."

이혁은 고개를 저으며 조용한 어조로 말했다.

"갈 때는 말없이."

서복만은 어처구니없다는 얼굴로 눈을 부릅떴다.

그것이 서울의 밤을 반 이상 장악했다는 태룡회장 서복만의 최후였다.

그는 눈도 감지 못하고 죽었다.

이름의 무게에 비한다면 허망한 죽음이었다.

이혁은 천천히 주먹을 거머쥐었다.

장갑 위로 굵은 힘줄의 선이 드러났다.

겉으로 볼 때 이혁은 별다른 감정의 변화를 찾아보기는

어려웠다. 그러나 속은 달랐다.

그에게 서복만의 죽음은 첫 살인이었던 것이다.

그가 2년에 가까운 시간 동안 무수한 피를 보며 생활하긴 했지만 사람을 죽인 건 이번이 처음이었다. 팔다리를 자르는 것과 목숨을 끊어놓는 것은 차원이 다른 문제였다. 각오를 하고 온 길이었다고 하지만 아무렇지도 않게 살인을 받아들이기에는 그의 감성이 지나치게 정상이었다.

그는 사이코패스나 소시오패스가 아닌 것이다.

그의 입술 사이로 긴 한숨이 흘러나왔다.

이를 악문 그의 시선이 조정대를 향했다. 첫 살인의 충격은 컸다. 그러나 지금은 감상에 빠져 있을 만큼 한가한 시간이 아니었다. 주변에는 모습을 드러내지 않고 있는, 적아가 불분명한 팀이 한둘이 아닌 것이다.

감상을 지우는 데는 일에 대한 집중만큼 좋은 게 없다.

이혁의 눈빛이 차가워졌다.

조정대는 입에 거품을 물고 반쯤 정신을 잃은 채 바닥에 널브러져 있었다.

그는 뛰어난 두뇌를 가진 자였지만 무력은 보잘것없었고, 전투현장 경험도 없는 인물이었다. 몸담고 있는 조직의 특성상 보통 사람보다 담이 크고 대가 세긴 했지만 고통에 대한 면역력까지 강하지는 않았다.

이혁은 조정대의 잘린 손목 부근을 손가락으로 꾹꾹 눌

렀다.

흘러나오던 핏물이 거짓말처럼 뚝 멎었다.

이혁은 잠시 생각에 잠겼다.

강수찬과 시은이 해준 말대로라면 '태양회'는 철저한 점조직이어서 최고 수뇌부를 제외한 그 밑의 조직원들은 자신의 직상하급자들밖에 알지 못했다.

태양회가 처음부터 그런 식으로 조직을 운영한 건 아니라고 했다. '진혼'에 의해 조직원들이 암살당하면서 그에 대한 대응으로 점조직화가 시작되었고, 세월이 흐르며 더욱 철저해졌다고 했다.

'진혼은 대의를 위해 뭉쳤고, 태양회는 이익을 위해 뭉친 조직이다. 일신의 이익이 최선의 가치인 자들의 입이 무거울 리 없으니 점조직이 될 수밖에… 아무리 징벌이 가혹하다 해도 죽음의 위협이 닥치면 끝까지 침묵하기는 어렵지… 아는 게 적으면 실토할 것도 적으니까.'

조정대가 아는 것도 많지는 않을 것이다.

이혁의 눈빛이 강해졌다.

'윗선 한 명이면 된다, 조정대…….'

이혁은 천천히 조정대의 관자놀이를 눌러갔다.

정신을 차리게 하는 데는 태양혈을 자극하는 것만큼 효과적인 것도 드물다.

윤석구는 너무 놀라서 저절로 벌어지려는 입술을 다물기 위해 안면근육 전체를 긴장시켜야 했다. 그와 같이 최첨단 감시카메라로 보내오는 화면을 지켜보고 있던 윤성희가 작게 휘파람을 불었다.

　　"휘이이익— 무시무시한 실력이군요."

　　그녀가 윤석구의 양쪽 어깨를 나긋한 손길로 안마하며 말을 이었다.

　　"서복만이 무엇 때문에 대전에 왔는지 알기 위해 설치한 것인데 예상치 못한 대어를 낚은 듯하네요."

　　윤석구는 목을 뒤로 젖혀 윤성희를 올려다보며 물었다.

　　"너도 나와 같은 생각을 한 모양이구나?"

　　그와 눈이 마주친 윤성희가 한쪽 눈을 찡긋하며 윙크했다.

　　"아마, 맞을 거예요, 삼촌."

　　윤석구가 말을 받았다.

　　"무역전시관 복면인."

　　윤성희가 활짝 웃었다.

　　"빙고, 저도 그일 거라고 생각했어요."

　　윤석구는 주변을 돌아보았다.

　　상당한 규모의 전자장비가 설치된 이곳에는 10여 명이

근무 중이었다. 그들 중 윤석구와 1미터가량 떨어진 자리에 두 손을 모으고 있는 사십대 초반의 사내는 윤석구의 비서였다.

윤석구는 비서를 향해 단호한 어조로 명령을 내렸다.

"대전청 산하의 모든 경찰서 기동타격대와 수사본부 형사들을 저곳으로 출동시키게. 청장에게 가용한 모든 직원들로 저 주변에 바리케이드를 치도록 요청하고. 초지급일세."

"알겠습니다, 차장님."

비서는 가볍게 고개를 숙이고는 뛰듯이 방을 나갔다.

그때 화면에 특이한 장면이 잡혔다.

쓰러진 조정대의 관자놀이를 손가락으로 누르던 검은 토시로 얼굴을 가린 사내가 고개를 들어 화면을 정면으로 본 것이다.

현장을 녹화하고 있는 카메라는 셋이었다.

복면 사내의 시선도 세 번을 움직였다.

윤석구와 윤성희의 안색이 동시에 굳어졌다.

복면 사내의 손이 호주머니에 들어갔다 나오는가 싶더니 무언가 번뜩였고, 화면 세 개가 거의 동시에 회색의 노이즈로 가득 찼다.

윤석구가 돌처럼 굳은 얼굴로 중얼거렸다.

"카메라를 알아차렸다… 도대체 어떻게……? 정말 믿을

수 없는 감각이로구나."

놀람이 지나친 탓에 그는 자신이 말을 더듬고 있다는 것을 의식조차 하지 못했다.

윤성희가 나직하게 탄식하며 말을 받았다.

"서복만 주위로 수상한 세력들이 모여들고 있다고 해서 그들의 목적이 무엇인지 궁금했는데 이제 알 것 같네요."

"저자 때문이라고 생각하는 거냐?"

"예."

윤석구의 입가에 쓴웃음이 떠올랐다.

"우리가 모르는 것을 알고 있는 자들이 너무 많구나."

두 사람은 말을 잊은 채 굳은 안색으로 노이즈로 가득 찬 화면을 바라보고 있었다.

*   *   *

서울 성북동

"서 회장과… 조 실장… 입니다, 회장님."

휴대폰에 전송된 사진을 이자룡의 앞으로 내미는 이진욱의 음성은 가늘게 떨리고 있었다. 담대한 그였지만 전송되어 온 사진 속의 장면은 그의 심장을 사시나무처럼 떨게 만들었다.

휴대폰을 먼저 잡은 사람은 이자룡이 아니었다. 그의 옆에 손을 모으고 서 있던 삼십대 후반의, 이자룡보다 머리 하나는 더 커서 거인이라 불러도 어색하지 않을 남자가 휴대폰을 받아 이자룡에게 건넸다.

그는 일대일로는 이자룡 외의 누구에게도 상수를 양보하지 않는다는 상산파의 넘버 투 김명환이었다.

사진을 본 이자룡의 얼굴빛도 살짝 변했다.

그는 말없이 휴대폰을 손에 쥔 채 화면을 뚫어져라 응시했다.

사진 속의 서복만은 목이 반쯤 잘려 있었고, 조정대는 눈 윗부분이 부서져 검붉은 뇌수가 바닥을 질펀하게 적시며 흘러나와 있었다. 둘 다 무엇이 그리 원통한지 눈을 감지 못한 모습이었다.

한참을 말없이 사진을 응시하던 이자룡의 입술이 느릿하게 벌어지며 낮고 굵은 음성이 흘러나왔다.

"죽었군……."

허무함이 느껴지는 어투였다.

이자룡은 의자를 틀어 한 면이 유리창으로 된 벽을 향했다. 그리고 의자 깊숙이 몸을 묻었다.

"서 회장을 이렇게 쉽게 보낼 수 있을 거라고는 생각지도 못했는데……."

묵묵히 창밖에 시선을 주고 있던 이자룡이 자리에서 일어났다.

깊은 밤 서재임에도 그는 정장을 갖춰 입고 있었다.

그가 김명환에게 고개를 돌렸다.

"태룡의 사업체를 인수하는 작업을 시작해라."

김명환은 상산의 넘버 투이자 아홉 개로 세분화되어 있는 사백오십여 명의 행동대 전체를 이끄는 자다.

김명환은 고개를 숙이며 묵직한 목소리로 대답했다.

"예, 회장님."

연이어 이자룡은 이진욱을 보았다.

"그들이 손을 쓰기 전에 어르신을 뵈어야겠다. 준비해라."

이진욱이 허리를 꺾었다.

"알겠습니다, 회장님."

이자룡은 잠시 짙은 구름에 가려진 밤하늘에 시선을 주었다.

그의 주먹에 지그시 힘이 들어갔다.

"내일 아침이면 나는 왕이 되어 있을 것이다."

잘근잘근 씹듯이 내뱉는 그의 낮은 목소리에 강한 울림이 담겼다.

＊　　　　＊　　　　＊

이혁은 1층의 부서진 창가 벽에 붙어 섰다.

불이 꺼져 어두운 뒤쪽 거실에는 정신을 차리지 못하고

널브러져 있는 서복만의 친위대들이 보였다. 숫자는 처음
보다 많이 늘어나 있었다.

정원에서 경비를 서다가 내부의 이상을 알아차리고 들어
온 자들은 3층에서 볼일을 마치고 내려온 이혁과 마주쳤다.

싸움은 필연이었고, 10여 초도 지나기 전에 끝이 났다.

거실은 그 결과를 보여주고 있었다.

창밖을 훑어보는 이혁의 눈매는 칼날처럼 날카로웠다.

'감시카메라가 각층에 3개씩 설치되어 있었다. 서복만
이 도착한 후에는 설치가 불가능했을 테니 그 이전에 설치
했겠지… 그럴 만한 역량을 가진 건…….'

전시관 사건을 전후해 대전에서 움직이고 있는 조직들의
역량은 대단하다는 말로도 부족할 정도다. 그들이라면 최
일의 유성회가 태룡회의 지원을 받는다는 것을 어렵지 않
게 파악했을 것이다.

서복만이 대전에 내려온 것도 실시간으로 알아차렸을 가
능성이 컸다. 그러나 움직임을 파악하는 것과 그가 머물
곳을 예측하고 건물의 각 층에 감시카메라를 설치하는 건
문제가 달랐다.

시일이 흐르긴 했어도 아직 대전은 국가의 공권력이 강
력한 영향력을 발휘하고 있었다. 그들의 눈을 피해 민간의
조직이 서복만의 저택을 저렇게 자유롭게 출입하며 감시하
기는 어렵다.

'국정원이겠군.'

이혁의 눈가에 그늘이 졌다.

대전과 인근의 검경이 대통령의 특명을 받은 국정원 2차장의 통제하에 움직이고 있다는 건 비밀이 아니었다.

신문기사로도 여러 번 났고, 정부에서도 대전에 그만큼 신경을 많이 쓰고 있다는 걸 국민들에게 보여줄 필요도 있어서 굳이 숨기지 않았다.

'흑암천관령(黑暗天觀靈)의 수련이 깊었다면 더 빨리 알아차렸을 텐데……'

이혁은 때늦은 아쉬움을 느끼며 속으로 혀를 찼다.

흑암천관령은 무영경과 혈우팔법에 속해 있지는 않지만 암왕사신류 무예에 입문하기 위해서는 반드시 익혀야만 하는 공부였다.

천관령은 기공도 박투술도 아니었다.

그것을 현대식으로 풀어 말한다면 통합인지력(統合認知力)이 가장 어울리는 단어일 것이다.

천관령의 수련은 자신의 육신과 마음을 인지하고 그것이 완숙해지면 점차 주변을 인지하는 단계로 나아간다. 주변에는 타인은 물론, 환경까지 포함된다. 부분인지로부터 시작되지만 종국에는 전체를 통합적으로 인지하게 된다.

그 힘을 얻는 과정 전체를 흑암천관령이라고 부른다.

천관령이 3성 이상의 성취를 이루지 못한다면 무영경도

혈우팔법도 수련이 불가능했다. 천관령의 3성 성취는 자신과 타인, 그리고 둘러싼 주변을 최소한도로 정확하게 인지하는 상태다.

그 수준에 도달하지 못하면 암왕류의 무예는 적을 쓰러뜨리기 전에 자신을 먼저 상하게 만든다.

천관령의 수련은 그야말로 지난(至難)했다. 몸이 힘들어서 난해한 게 아니라 지루해서 성취를 얻기 힘들었다.

천관령의 수련 과정은 대부분 아무것도 하지 않고, 넋을 잃은 사람처럼 온 힘을 빼고 그저 멍하니 있는 것으로 채워진다. 더욱 힘든 것은 천관령의 힘을 얻는 데는 자질이 중요한 것이 아니라는데 있었다.

천관령은 제아무리 무예의 자질을 타고난 천재라도 속성이 불가능했다.

스승은 천관령을 가르치며 늘 세월만이 공(功)을 이루게 할 수 있을 뿐이라는 말을 강조했다. 조급해한다고 성취가 얻어지는 것이 아니라면서.

현재의 이혁은 장비를 통해 자신을 보는 눈을 즉시 인지할 능력이 없었다. 그런 능력을 갖기 위해서는 흑암천관령이 6성 이상의 성취에 도달해야 했다.

'국정원이라면… 경찰이 깔리겠군……. 그녀도˙ 오겠지…….'

이혁은 눈앞에 이수하가 어른거리는 느낌에 주먹을 움켜

쥐었다.

이수하는 경찰을 천직으로 여기는 여자였다. 융통성이 없는 스타일은 아니었지만 법과 정의에 대한 신념은 그녀 삶의 기둥과도 같았다.

아무리 양보해도 그가 무슨 일을 하는지 알면서도 사랑 때문에 직업과 신념을 버리고 그의 행동을 받아들일 거라 는 생각은 들지 않았다.

'몰랐으면 좋겠지만 끝까지 숨길 수는 없을 거다. 그렇 게 무능하지 않으니까……'

이수하는 무능과는 거리가 지구와 안드로메다만큼이나 멀었다. 그녀는 편정호가 미친년이라며 이를 갈 정도로 유 능한 독종여형사다.

이혁은 입술을 물며 머리를 저었다.

그녀를 생각하면 마음이 약해졌다. 하지만 이미 그는 돌 아올 수 없는 강을 건넜다. 후회도 하지 않았다.

'가는… 길이… 다른 거야, 우리는. 얄궂은 운명이 다……'

그의 몸이 한 줄기 바람처럼 부서진 창문을 통과하며 검 은 선이 되어 정원을 가로질렀다. 담을 넘은 그의 모습이 골목의 어둠 속으로 스며들었다.

그의 움직임은 은밀했다. 그러나 처음 이곳에 왔을 때와 는 큰 차이가 있었다. 그때는 감각이 남다른 자들이라 해도 그를 포착할 수가 없을 만큼 그의 움직임은 어둠과 동화되어 있었다. 지금은 그렇지 않았다.

여전히 은밀하고 빨라서 보통 사람은 그의 움직임을 알아차릴 수 없었다. 하지만 혹독한 수련을 거친 자들이라면 그를 발견할 수 있었고, 따라잡는 것도 불가능하지 않았다. 그를 잡으려 한다면 문제는 좀 달라지겠지만.

의도된 노출이었다.

'이 지역에 경찰의 배치가 끝나기 전에 빠져나가야 한다. 숨어 있는 자들이 어리석지 않다면 이곳에서 나를 막아서지는 않을 것이다.'

그의 생각은 빗나가지 않았다.

그가 움직이는 방향 주변의 움직임이 어수선해지기는 했다. 하지만 그의 앞을 가로막는 자들은 없었다.

모두 산전수전 다 겪은 자들이라 돌아가는 상황에 대한 대처 또한 그의 예상과 크게 다르지 않은 것이다.

'어떤 놈들인지 얼굴이나 보자구.'

무섭게 치달리는 이혁의 눈빛은 차갑게 번뜩이고 있다.

*　　　*　　　*

이수하는 차창에 이마를 댔다.

몸이 천근만근이라도 된 것처럼 무거웠다.

그녀는 힘없이 반쯤 열린 눈으로 손에 든 휴대폰을 내려다보았다.

액정은 닫혀 있었지만 그 안에는 그녀가 벌써 열 번도 더 본 동영상이 저장되어 있었다.

그 동영상은 비상출동명령을 받고 차를 막 탔을 때 전송되어 왔다.

전송자는 윤성희였다.

'아무리 죽을죄를 지은 놈들이라고 해도… 살인은 안 돼… 안 된다고…….'

이수하는 머리가 멍해졌다.

미칠 것만 같았다.

'혁아… 그가 정말 너라면… 제발… 너… 아니지……?'

이수하의 눈은 금방이라도 눈물을 흘릴 것처럼 젖어 있었다.

〈『켈베로스』 제7권에서 계속〉

http://www.bbulmedia.com